改变，
从接受自己的
不完美开始

meiya —— 著

湖南文艺出版社
HUNAN LITERATURE AND ART PUBLISHING HOUSE

博集天卷
CS-BOOKY

图书在版编目（CIP）数据

改变，从接受自己的不完美开始 / meiya著. —长沙：湖南文艺
出版社，2016.6
ISBN 978-7-5404-7610-6

Ⅰ. ①改… Ⅱ. ①m… Ⅲ. ①成功心理—通俗读物
Ⅳ. ①B848.4-49

中国版本图书馆CIP数据核字（2016）第103439号

上架建议：心理学·励志

GAIBIAN，CONG JIESHOU ZIJI DE BU WANMEI KAISHI
改变，从接受自己的不完美开始

作　　者：meiya
出 版 人：刘清华
责任编辑：薛　健　刘诗哲
监　　制：于向勇　马占国
策划编辑：刘　伟
营销编辑：刘　健　刘晓晨
封面设计：郑力珲
出版发行：湖南文艺出版社
　　　　　（长沙市雨花区东二环一段508号　邮编：410014）
网　　址：www.hnwy.net
印　　刷：北京天宇万达印刷有限公司
经　　销：新华书店
开　　本：875mm×1230mm　1/32
字　　数：184千字
印　　张：8
版　　次：2016年6月第1版
印　　次：2016年6月第1次印刷
书　　号：ISBN 978-7-5404-7610-6
定　　价：35.00元

质量监督电话：010-59096394
团购电话：010-59320018

目 录
C o n t e n t s

PART 1 接受自己的
不完美

> 每一个人都不完美，这是事实。不接受这个事实，我们会活得纠结痛苦。也许，完美才是缺陷，接受缺陷才是完美。成长是一个缓慢接纳自己不完美的过程。请学会欣赏自己，接纳自己的不足，真正去爱那个不完美的自己。

PART ② 你不是不能成功，
你只是不够努力

年轻人都渴望成长和改变，但努力和改变要有方向
和方法。找到属于自己的正确的方向有时比努力更重要。
一个人越认识自己，越知道自己的道路应该走向哪里，
越容易做一个真实有力量的自己，收获丰富多彩的人生。

目 录
Contents

PART **3** 情场也是道场

爱是一门艺术，也是一门需要终生学习的功课。如何更好地去爱，去付出，如何与所爱之人相处，如何为爱承担和负责，如何在爱中保持自我……我们要学习的还有很多。

PART ④ 终于活成
自己喜欢的样子

> 要经过多少世事的历练，付出多少努力的自我完
善，我们才能活成自己喜欢的样子？才能懂得并且真
正地做到爱自己，尊重自己，按照自己的意愿生活？

PART *1*

接受自己的
不完美

/
/
/

　　每一个人都不完美，这是事实。不接受这个
事实，我们会活得纠结痛苦。也许，完美才是缺陷，
接受缺陷才是完美。成长是一个缓慢接纳自己不
完美的过程。请学会欣赏自己，接纳自己的不足，
真正去爱那个不完美的自己。

_原来你这么好，你自己却不知道

你能够活到现在，还活得好好的，非但没有流落街头，步履维艰，反而吃饱穿暖，有工作，有朋友，这难道不是胜利吗？

一、你真的像自己说得那样差吗？

此刻，我正在纠结应该发哪一张照片给编辑，面对两张照片纠结犹豫。这种感觉是如此熟悉，我已经无数次体验过了。我在选购服装的时候，常常在两件衣服之间挣扎，头痛不已；过马路时，看到一辆车迎面而来，我站在马路中间，不知应该前进还是后退，整个人茫然无措；我想在自己的新书发布会上为读者准备一些小礼物，又迷失在一堆创意文具中，不知道该如何选择。

我一直都有选择困难症，不算严重，也不轻微，只是现在的我与之前的我相比，进步的地方在于我不会再痛恨自己。以前的我会恨自己，不就做个很小的决定吗？为什么会这样纠结？为什么我会如此没用？不仅如此，我还会深陷于自责、自恨的双重痛苦之中，而现在的我只单纯地承受选择困难症带来的痛苦。

我知道选择困难这个毛病不仅我有，很多人都有，而且他们都深陷在自责与自恨的双重痛苦之中。

一个小姑娘写信给我，说自己为了买一罐沙拉酱而在货架前呆立了两个小时，一直纠结着到底要买什么口味的，最后她什么也没有买，回家生自己的气，还气了一个晚上。我有个老同事，曾在试衣镜前徘徊犹豫，无法决定到底要买哪件衬衫，急得一头汗后全部放弃，然后到家之后不到五分钟又打车到商场选了一件大家都说很难看的衬衫，他既后悔又自责。有的人甚至会为了要不要给自己的社交网站的主页换个头像而纠结得要命，然后进行无情的自我嘲笑和批判。很多人因为有选择困难症，浪费了很多时间，导致很多事情来不及去做，整个人变得急躁，这又导致他们做事情时更容易出错和失败，从而陷入恶性循环，无休止地痛恨和批评自己。

前段时间，我参加一个培训课程，午休时间陪一个相熟的女同学逛街买衣服。她很羡慕我想做什么就会去做的行动力，她告诉我，她拿了心理咨询师证书多年，却一直做义工，迟迟无法开始做收费的咨询，她对自己的拖延行为进行了强烈的控诉。

她不知道的是，看着她在女装店里一件又一件地试着花裙子，我也心生羡慕，因为我有选择困难症，我无法如此放松地试穿与选购服装，试的衣服越多，我越无法做出选择。

另外，有趣的是，她对自己的身材很不满意，总觉得自己的手臂太粗，穿上无袖的衣裙，露出手臂，她觉得很难看，很不自信。其实，她的手臂一点也不粗，跟大多数人相比，还算纤细呢。当她抱怨自己的手臂粗时，导购小姐马上回应：我的手臂才粗呢，我跟你一比身材实在差太远，可是这名导购小姐明明一点也不胖，身材也不差，而且她非常年轻，花容月貌。

那一刻，我在想：我们到底是怎么了？听到她们这样否定自己，我心里很难过，忍不住想对她们说：你们已经够好了，请不要这样否定自己，给自己点赞吧！当然，这话也是对我自己说的。

这种习惯性的自我否定甚至自我厌弃与痛恨在很多人的生活里经常出现。很多人做着自己不喜欢的工作，一直想转行却缺乏勇气，优柔寡断，人又懒惰，做事拖沓成性，下班之后就知道上网，不求上进，意志消沉，没有梦想，感到生活很无望。我是大龄剩女，又长得不好看，一直找不到对象，也没有人喜欢我，相亲也不积极，内心缺乏安全感，我觉得自己注定要孤独终老。我觉得自己什么都不行，上学的时候成绩不好，也没有才艺，虽然喜欢写作却没有坚持下去，工作以后也没有什么专业能力。我一份工作干了四五年，整天就是在混日子，因为性格内向，与人交往也挺失败，没有什么朋友，我不知道生活该如何继续下去。我薪水不高，还喜欢乱花钱，始终没有什么存款，在这个大城市里，买不起房买不起车，对不起养育我的父母。我一无所有，觉得自己是个毫无价值、彻头彻尾的loser（失败者）……

可是，你真的像自己说的那么差那么不堪吗？

你该做的工作都完成了，这几年做了那么多事情，生活过得挺不错，与之前相比各方面也一直在进步。

你靠自己的努力和独立，独自一人在这个大城市里生活下来，有了自己的朋友圈子，并将自己照顾得很好。

你在一个公司干了四五年，每个月能领到还不错的薪水，并没有被老板开除。

这么多年来，当你遇到困难时，总会有人愿意帮你，也会有人在遇到困难时向你求助，他们难道不是你的朋友吗？

你有一份自己喜欢的工作，一直好好地生活着，吃住有保障，身体健健康康，一直让远方的父母很放心。

所以呢，你真的有那么差吗？

如果你真的像自己说的那么差，那是什么让你能够活到现在？

就算你真的像你自己说的那么不堪，有那么多问题和缺点，那你能够活到现在，还活得好好的，非但没有流落街头，步履维艰，反而吃饱穿暖，有工作，有朋友，这难道不是胜利吗？

二、原来你这么好，你自己却不知道

我曾在网上给一个大二的小姑娘做过一次咨询。她说自己暗恋一位学长，但这位学长喜欢另外一个姑娘，不喜欢她，她很伤心。她觉得自己长得不好看，又黑又胖，还说自己从农村考进这所大学，有口音，普通话不标准，担心同学笑话自己。很多同学看过的书，她都没有看过。她英语不好，很多地方都没有去过。她觉得自己很无知，所以很自卑。

然后我就和她聊，问她一些问题：你是哪所大学的？你们村有多少人考上大学？你的同学有因为你的口音嘲笑过你吗？你的学习成绩怎么样……一问才知，原来她就读的大学是"211工程"高校。全村就她一人考上了重点大学，拿到大学录取通知书的那天，村里的书记和乡亲们还放鞭炮庆祝。她虽然长得黑，可是身高一米六五，身材匀称。同学们从未因为她的口音嘲笑过她，还因为她为人热心比较会照顾人而格外喜欢她，还有室友邀请她去自己家里玩。虽然她英语不是很好，却整体成绩优异，每个学期都能拿到奖学金，还参加演讲比赛拿了奖。她确实有很多书在初高中时没有读过，但她上大学后一年在图书馆借阅图书近200本，老师和同学们多次夸她很努力很优秀。

当她发给我一张她的照片以证明自己有多不好看时，我都惊呆了。这个姑娘鹅蛋脸，大眼睛，眉清目秀，皮肤虽不白皙却肤色均匀，干净光洁，再加上一米六五的挺拔身材，简直就是"黑里俏"的大美人。我忍不住弱弱地问，你这照片有PS过吗？对方说没有。我敢肯定，除了我之外，其他人也会认为她长得很好看。

为什么我们眼中的自己和别人眼中的我们差距如此之大？为什么我们只能看见自己不好的地方？为什么我们总是抱怨自己有多差？为什么我们总习惯性地贬低和否定自己？为什么我们就是无法转身看见自己的好？

我们以为自己看到的就是自己全部生活的真相，其实我们只看到了自己眼中很小的那部分自己。

美国心理学家 乔（Joseph Luft）和韩瑞（Harrington Tngham）提出关于人自我认识的窗口理论，被称为"乔韩窗口理论"，他们认为人对自己的认识是一个不断探索的过程。我们每个人的自我都有四个部分：

·公开的透明真实的自我：自己很了解，别人也很了解的我。

·盲目的自我：别人看得很清楚，自己却不了解的我。

·秘密的自我：自己了解但别人不了解的我。

·未知的自我：别人和自己都不了解的潜在部分，但通过一些契机可以激发出来。

本文想重点讨论那部分盲目的自我。

有一部分人总拿着一面能够放大无数倍的放大镜看自己的缺点，由于看到的缺点是如此多，问题是如此严重，以至于他们完全忽略了自己的其他部分，那些优点他们统统看不见。他们把那些缺点、问题、坏习惯、失败的经历和自己这个人画等号，最终得出"我不好"的结论。他们的自我价值感变得很低，而自我价值感低的人往往热切地希望自己能够做得更多、变得更好，于是他们不停地挣扎努力，幻想自己可以做得更多更好。在这个过程中，他们又遭遇了一次次失败，于是自我价值感变得更低，他们更加看不起自己，更加觉得自己一无是处，无用无能，整个人越来越无助。

我遇到过很多自我价值感很低、内心自卑的人，他们甚至无法大方地接受别人的赞美，假使有人称赞他们，他们会认为那是虚伪的社交手段，别人是在拍马屁而已，不能当真。他们无法真心悦纳别人的赞美，因为他们觉得自己不好，不值得被人称赞。比如，他们会弹钢琴会唱歌，琴艺娴熟，歌声动人，你夸他们多才多艺，他们会说自己登不了台面。又比如，他们考试成绩优异，考研成功，你夸他们厉害，他们会说身边某某某都考上了，而且学校比他们更好……他们不是在假装，也不是谦虚，他们的神态、语气让你明白他们是真的认为自己所取得的成就不值一提，他们配不上你的称赞。

中国人的自我价值感普遍偏低，缺乏自信，这与我们的文化、家庭教育以及近代千疮百孔的历史有关。我们的文化弘扬"夸奖会导致骄傲，骄傲会使人落后"，"批评才能使人进步"。当孩子取得一点成绩，想跟父母分享自己的喜悦时，父母却说："你看谁家的某某某，人家可比你强！"父母们在教育孩子的过程中不懂得肯定和赞美孩子，孩子很少被父母认可，也没有被无条件地接纳过，只有孩子考试成绩好了，表现得很乖很听话，父母才会觉得他们是好孩子。这些孩子长大以后内化了父母对自己的评价，常常认为自己不行不好，自我评价普遍偏低，常常将自己的价值感完全建立在他人的评价之上。

别人夸我们说我们好时，我们喜笑颜开，觉得自己很好；别人说我们不好，说我们有很多缺点和问题时，我们觉得难过，整个人都不好了。有的人甚至认为自己不值得被人赞美和肯定，别人要是一说他好，他浑身上下都感到别扭和难受。这是因为我们从未对自己有清楚的认识，从未真正看见自己，从未好好悦纳自己。

我是何时开始不再纠结于自己的选择困难症，不再自责自恨？是在我认清自己的时候。

当我看清楚，虽然我有选择困难症，但并不是在所有事情上都这样。我要选择什么专业，从事哪一种职业，去哪里旅行，等等，面对这些，我不会选择困难。而且，我看见，虽然我有选择困难这个毛病，但这个毛病对我的生活并没有产生非常大的影响，我还能放心吃喝，过好每一天。我甚至能看到这个缺点有益的一面：因为有选择困难症，我减少了买东西的次数，也不会乱买东西，因此我容易存下钱来，最重要的是，我看到自己还有很多其他的优点，我的优点比我的缺点要多很多，而且我的问题并不妨碍我成为一个有价值的人。

每个人都有自己的缺点和不足，与之相对的是，他一定也有自己的优点和长处。我其实不喜欢讲优点和缺点，我更愿意讲特质，一个人的特质没有好坏，只要放对地方就能展现好的一面。比如，有的人非常在意别人的感受，在生活中常常显得敏感又缺乏主见，但假如他从事的是服务客户方面的工作，那么这个特质就能发挥它正面的积极的作用，帮助他做得更好。

三、你选择什么，就会看见什么

面对那些自我价值感很低的咨询者，我常常会给他们布置一项作业——找自己的优点。让他们坐下来，拿出纸笔，认真地挖掘自己身上的优点，尽量多地将其罗列在纸上。我一般会要求他们至少找出10个优点，如果找不到10个，就去问问身边的亲朋好友，问他们在你身上看到什么闪光点。自我价值感低的人常常不确定自己身上有哪些优点，他们常常认为自己做的很多事情都是很简单很正常，都是理所当然的，但做不好却是因为自己太无能。因此，通过别人的口和眼，可以帮助他们更好地看见自己的好。

我有一个女性咨询者，她一直认为自己没有优点，浑身都是缺点：过分敏感、情绪化、任性、自私、意志消沉、拖延……通过完成"找优点"这项作业，她重新认识了自己，原来自己细心、聪慧、会照顾人、有洞察力、有独立的思想……她找着找着就发现：啊，原来我这么好，可是我却不知道。

你是如此美好，而你却不知道，这样真的好吗？

在《银色马》中有一个片段：

福尔摩斯接过布袋，走到低洼处，把草席拉到中间，然后伸长脖子伏身席上，双手托着下巴，仔细查看面前被践踏的泥土。"哈！这是什么？"福尔摩斯突然喊道。这是一根烧了一半的蜡火柴，这根蜡火柴上面裹着泥，猛然一看，好像是一根小小的木棍。

"不能想象，我怎么会把它忽略了。"警长神情懊恼地说道。

"它埋在泥土里，是不容易发现的。我之所以能看到它，是因为我正在有意找它。"

福尔摩斯说："我之所以能看到它，是因为我正在有意找它。"这与积极心理学的理念是一致的。一个杯子里有半杯水，有的人选择看到杯子里空的部分，于是说杯子里只有半杯水；有的人选择看到杯子里满的部分，于是说还有半杯水。你选择什么，就会看见什么。我们都是"半杯水"，如果你把目光放在自己不好的地方，那你只能看到自己的问题，当你改变，选择去找自己的优势，你就会发现自己原来有如此多的优点。只要你愿意去挖掘自己的优点，相信你也会发出同样的惊叹：原来我这么好哇！

没有人是完美的，我们最需要做的事是接纳自己的不完美，同时看见自己完美的那一面。从全局着眼看自己，我的不好只是我的一部分，不等同于我，并且那部分缺点并不会影响我的优点的存在。就像如果彩虹中多出一道灰色，并不会影响赤橙黄绿青蓝紫的美丽。你需要做的是选择题，选择把你的目光放在其他美丽的颜色上，而不是那道灰色，死死盯着那道灰色不放的人，彩虹就算又大又亮他也看不见。

亲爱的，别总说自己不好，你虽不完美，虽没有好到可以打100分，但你已足够好。请看见自己的好，为自己点赞！

_有5000万存款依然焦虑的人生

> 一个穷人，为了满足生活所需，不得不精打细算，没有任何"带宽"来考虑投资和发展事宜；一个过度忙碌的人，为了赶截止日期，不得不被看上去最紧急的任务拖累，而没有"带宽"去安排更长远的发展。

我曾经在豆瓣上发过一条广播："大学的时候和室友一起逛超市，因为穷，为了省钱，看到便宜和打折的食品和日用品就买了很多。因为买的东西太多，两个女孩子力气小拎不动，超市离学校又有点远，于是打车回学校。原本是为了省钱，结果省的钱还不够车费。一个人做事情别忘了自己的初衷。"后来再看自己写的这段话，我意识到自己最后的总结并不准确，我之前的分析表明了：贫穷导致认知和判断力的下降。

哈佛大学教授穆来纳森（Sendhil Mullainathan）和普林斯顿大学教授沙菲尔（Eldar Shafir）的研究表明：匮乏会导致人的认知和判断

力的下降，无论这种匮乏是金钱上的还是时间上的，人的思维方式都会受其影响。

"长期的资源稀缺培养出了'稀缺头脑模式'，导致失去决策所需的心力。"穆来纳森称这种"心力"为"带宽"（bandwidth）。"一个穷人，为了满足生活所需，不得不精打细算，没有任何'带宽'来考虑投资和发展事宜；一个过度忙碌的人，为了赶截止日期，不得不被看上去最紧急的任务拖累，而没有'带宽'去安排更长远的发展。即便他们摆脱了这种稀缺状态，也会被这种'稀缺头脑模式'纠缠很久。"简单来说，就是给拥有"稀缺头脑模式"的穷人一笔钱，或者给拖延症患者一些时间，他们也无法变得富足和高效。"最终，稀缺会俘获我们的大脑，渐渐让我们失去认知能力和执行控制力，变得更加愚笨和冲动。"

我上大学的时候因为穷，遇上各种兼职的机会都会盲目又拼命地抓住，做家教，发传单，在咖啡馆做服务生，在时尚杂志做推销员，做电话销售……只要能赚到一点钱，我并不在意这些工作对我个人成长、未来职业发展有什么帮助。因为"带宽"不够，我要为这些低薪的工作奔忙，再加上当时还有学业上的压力，贫穷让我更加短视、狭隘、急功近利。后来，虽然我以优异的成绩毕业了，但因为缺乏在专业的公司实习的经验，又遇上金融危机，我的第一份工作的薪水很低。于是，我领着低工资过了贫穷的一年。

曾有几个大学毕业不久的网友向我咨询职场问题。他们的情况大致如此：农民或者小镇工人的子女，大学毕业后，来到"北上广"打拼，做着忙碌又薪水不高的工作，干了几个月就受不了，觉得工作太累，薪水太低，于是冲动之下辞职。他们原本想利用辞职后的这段时间好好想一想自己到底适合和喜欢做什么工作，但因为存款不多，大城市生活的压力又大，眼看着钱快花光了，没法静下心来好好找工作，焦虑之下随便找了一份工作先干起来，可是，这份新工作薪水还是不高，还是自己不喜欢的，他们又陷入焦虑和痛苦之中……

他们在不自知中陷入"金钱的匮乏——摆脱匮乏引起的焦虑和痛苦——决策错误，无效逃离——匮乏维持或加剧"这一循环模式，我称这种模式为"匮乏模式"。

通常我会建议他们一方面节衣缩食，继续工作下去，这是为了存钱，缓解金钱匮乏导致的焦虑；另一方面，我会建议他们利用下班之后的时间去探索和学习自己感兴趣的专业。如果他们的工作不仅薪水低，还异常忙碌，周末还需要加班，我会建议他们换一份不那么忙的工作，以此扩展注意力 "带宽"，利用空余的时间学习和思考，为审视自己的行为和重新选择赢得空间。

当一个人过分关注稀缺资源并陷入焦虑的时候，他的思维能力和判断力会下降，导致他做出更多错误的选择，然后一不小心陷入"匮乏模式"。当一个穷人陷入金钱和时间的双重匮乏时，如果他缺乏清醒的认识，没有做出调整，就会因渴望逃离痛苦和焦虑而更快地陷入"匮乏模式"，最后整个人的生活都将陷入混乱和毁灭。

2003年，英国彩票大奖得主卡莉·罗杰斯（Callie Rogers）把近190万英镑奖金挥霍在疯狂购物、吸食可卡因、交朋结友以及隆胸手术上，后来，她又开始从事女仆的工作，因为她破产了。1988年，美国宾夕法尼亚州彩票大奖得主威廉姆·巴德·珀斯特（William Bud Post）把超过1620万美元奖金花在豪宅和汽车以及糟糕的生意上，后来珀斯特宣布破产，在向一位要债人开枪后身陷囹圄，最终于2006年在潦倒中死去。这些并不是特例，美国国家经济研究局的调查显示，最近20年来，欧美的大多数彩票头奖得主在中奖不到5年时间里，都会因为挥霍无度等原因变得穷困潦倒。这个调查显示，美国彩票中奖者中奖之后的破产率高达75%。

为什么有这么多中奖者破产？有的人说，他们运气用光了或者遇人不淑。我也在网上查过相关的资料，有研究者认为：彩票玩家的收入和受教育程度均低于平均水准，他们的理财能力往往有限。另外，中奖者的头脑中可能还存在一种被行为经济学家称为心理账户的现象，对中奖得来的钱抱着随意的态度，不像对辛苦挣来的薪金收入那么谨慎。小熊老师的解释是：那些中彩票的人的观念停留在穷人层面，他们自身的财富已经超越他们的理念，最后决定他们人生的不是现有的财产而是观念，他们不懂得像富人一样思考。他进一步说：这个人穷在自己的心理，给他多少钱、中多少彩票都填补不了。

我个人比较认同小熊老师的观点，这与穆来纳森所说的"稀缺头脑模式"异曲同工。穷人长期匮乏和紧张的状态会促使他们陷入"稀缺头脑模式"，即便后来他们摆脱了这种稀缺状态，也会被这种模式纠缠很久。

很多成功故事和信息似乎都在表明：贫穷这种逆境对一个人的成长会有正面积极的影响，会激发一个人的潜能去努力超越自己，现在五六十岁的成功企业家中有不少人从小家境就非常贫困。松下幸之助也曾说自己成功的秘诀之一是"贫穷让我知道只有奋斗才能成功"。但这些只是特例，这与个人强大的内心素质和抓住机遇有关。现实生活中更普遍的现象是，贫穷像一种慢性病毒，中了这种病毒的人连心智都会被其腐蚀掉。贫穷对人最大的伤害不是肉体上受了多少苦，也不是为了生存要付出更多艰辛的努力，而是影响一个人的心态和思维方式，那种心理的金钱匮乏感，会让穷人难以摆脱贫困。就算有幸摆脱了，他们也不易自在地做富人。

作家杰克·伦敦写了一个短篇小说，叫《热爱生命》。一个美国西部的淘金者在返回的途中被他的伙伴抛弃了，他独自在荒原上寻找出路。冬天逼近了，环境十分恶劣，他一点食物也没有，而且他的腿受了重伤不停地流血，他只能蹒跚前行。就在身体非常虚弱，匍匐在地上一点点挪动身体的时候，他遇见一匹同样饥饿且生病的狼，这匹狼舔着他的血迹尾随着他，就这样，两个濒临死亡的生灵拖着垂死的躯壳在荒原上伺机猎取对方。最终，他咬死了狼，借着吸食狼血获得的力量，他爬到海岸，被一支科学考察队救下。

小说的内容让我震撼，但更让我震撼的是这个淘金者获救之后的表现。他的身体恢复健康，神志也很清楚，但每当他看到美食被人吃进肚里时，他就会焦急难耐，人们每咽下一口食物，他的眼里就会流露出一种深深惋惜的神情，每逢吃饭的时候，他免不了要憎恨那些人。他总是无法摆脱恐惧，总怕粮食维持不了多久，他不停地向厨子、船舱里的服务员和船长打听食物储藏的情况。他像乞丐一样向每一名水手伸出手讨要硬面包，然后把那些面包储存起来，在他的床上和褥子里以及每一个角落里都塞满了硬面包。

这个故事让我看到，在严酷的环境中生存下来的人，不论有多少食物摆在他面前，他依然难以忘记饥饿的感觉，依然难以忘记和狼搏斗的情形，他依然要在丰衣足食的日子里囤积食物。

穷人往往在有钱之后也难以摆脱内在金钱的匮乏感，成为有钱人的他们感受到的匮乏感不是现实层面的，而是心理层面的。他们中有的人像中彩票头奖的穷人一样，很快将金钱挥霍掉，重新变穷；有的人通过不断挣钱、不断消费来填补内心的匮乏感。那些过度消费、无法节制自己购物欲的女性有一部分就属于这一类，她们并不像人们认为的那样虚荣和贪婪，而是出现了内在金钱的匮乏感。还有的人终其一生都过分关注和追求金钱，完全被金钱所控制。

我有个朋友的同事，他们是一对夫妻，都在比较大的国企上班，收入不错又稳定，他们在上海的中环以内已经有三套房子了。对很多人来说，他们已经是富人，但他们的内心依然充满了对金钱的匮乏感。他们在夏天最热的时候都不开空调，经常将办公室厕所中的卷纸带回家，家里的家具都是捡别人扔掉的。两个人每个月节衣缩食，为买下一套房子而努力攒钱。因为对自己和他人都抠门得太厉害了，他们的行为在同事和朋友的眼中看来荒诞得近乎可笑。但进一步分析就会发现，原来，这对夫妻各自都经历过长期的贫穷和住房的紧张。

有个朋友的母亲60多岁，年轻的时候穷怕了，留下一句口头禅："留着，以后用得着。"当她从乡下搬到儿子在城里的大房子里住的时候，总是喜欢在外面的街上捡点破烂回家囤积起来，包括各种各样的垃圾袋，每次家人劝阻她，她都要说那句："留着，以后用得着。"

那些对金钱充满匮乏感的人，他们对金钱的焦虑有时是不太现实的，心理学家张怡筠就见过一个拥有5000万元存款还活得非常焦虑的女人。

如果一个人在心里对金钱充满匮乏感，他的这种穷是心理上的穷，给他多少钱都无法让他有富足的感觉，即便他看起来是个富人，其本质上还是一个穷人。他把钱看成生命中最重要的东西，过度追求金钱，受金钱的奴役，没有享受到物质富足带来的心灵的自由和平和。如果一个人的内在充满对金钱的富足感，即便他现在看起来是个穷人，因为拥有"带宽"思考未来，他能够像富人一样思考，能够克己自律，克服短视和急功近利，对未来进行规划，相信金钱一定会在不久的将来眷顾他。

_带着你的"不正常"好好生活

"不正常"不会毁了一个人的正常生活，那种不愿意为自己的生活负责，不愿意承担责任，逃避困难，逃避选择，不愿努力让自己过上正常幸福生活的想法和行为才会真正毁了一个人的生活。

我收到一个18岁的大学生发来的邮件，他说自己从初中开始爱上的两个女生都是自己的老师，因为成绩好，老师似乎也很喜欢他。我是这样回复他的："看了你的信，不知道你是否总是喜欢类似老师这样角色的女性，或者对年龄比较大一点的女性有感觉。如果真是如此，你可以带着这样的觉察，在大学和以后的生活中，看看令自己心动的对象是否都是一个类型的，这有利于帮助你更好地认识自己。也许你有恋母情结，这是很多男性都会有的情况，只要不影响你的生活就没有问题。不过，如果你觉得这影响到了你的生活，给你造成困扰，那就需要进行调整，或者找心理咨询师谈一谈。"

他在给我的回信中很坦诚地说他在读高中时就对自己的恋母情结有了察觉，他说："我对同龄人不感冒，感到她们幼稚、肤浅、咋咋呼呼、自以为是……我确实会格外关注年长一点尤其是有学识心智成熟的优秀女性，也很容易对她们产生好感……相比白开水一样简单而又没什么内容的女同学，我更欣赏有一点人生阅历、性格独立、成熟而有智慧的女老师，我觉得这样的女人才称得上完整，也更有味道……"这些内容并没有让我有一丝不舒服的感觉，我觉得自己能够理解这颗少年的心，让我思考很久的是他的最后一句话："有点惊讶的是你会认为恋母情结很正常，这很大程度上安慰了我……"

这让我想到家庭治疗大师李维榕在《为家庭疗伤》中讲的一个故事。亚祖28岁却游手好闲，对什么事情都没有兴趣，唯独见了女性的脚就禁不住动手去摸，为此他几次被人告上法庭。父母带着他见过很多专家，证实他是个恋鞋狂，但起因是什么，如何治疗，并没有进行具体说明。亚祖的父母都是衣着不俗谈吐优雅的人，母亲还是一家大公司的人事部主任，他们对儿子的"出轨行为"感到很焦虑。亚祖的父母和感化官连拉带推地把亚祖扯来见李维榕，希望她能够改掉亚祖的恋鞋癖。

在咨询的过程中，大家说话都转弯抹角，谁都忌讳，不提鞋子的事情。李维榕心生一计，将自己的鞋子脱下来，交给亚祖并问他："你喜欢我的鞋子吗？"亚祖接过鞋子又立即将其放在咖啡台上，急忙说："不喜欢！不喜欢！"李维榕继续和他谈鞋子，又问他是喜欢鞋子还是喜欢脚，然后跟他解释二者的不同。亚祖深思之后，回答：

"我最喜欢的是鞋子在脚上一穿一脱的动作。"他边说边比画。

李维榕与亚祖的谈话大部分是说给他的父母和感化官听的，目的是希望他们以轻松一点的方式来正视亚祖的奇怪嗜好。李维榕认为：他们在第一次听到儿子有恋鞋癖时，就被这个名词吓蒙了，根本没有想到症状本身并不是大问题，问题是儿子完全没有责任感，不肯过正常生活。每次他被抓，受罪的都是他的父母，亚祖装疯卖傻，很容易就把官司打发掉。

李维榕对亚祖说："你父母可能不知道，恋鞋也好，恋脚也好，这种嗜好虽然古怪，本身却并不碍事。只是你已经28岁，难道想一辈子就在女人的鞋堆中过掉？"感化官马上补充道："或在监狱中过掉？"

李维榕对亚祖说："你想做个坐牢的恋鞋狂，还是自由的恋鞋狂？这将是你自己的抉择。"

亚祖后来在一家鞋铺找到一份售货员的工作，他天天为女士们穿鞋脱鞋。可想而知，他工作得很卖力，再也没听到他惹上官司。

正常与不正常大多取决于社会判断，社会肯定你是正常的，你就正常，反之你就是不正常的。什么是不正常呢？我有个教性心理学的老师曾提出这样的问题：十个人里面，有九个人发疯了，你说那一个没疯的是正常还是不正常？那他要不要为了让自己显得正常也发疯？

正常与不正常是相对的。正常与不正常在现实生活中往往是有双重标准的，比如一个男明星穿异性服装在电视上亮相，很多人会觉得他与众不同，大胆出位；假如一个普通人这样做，则容易被认为是有异装癖的变态。假如一个人有自己的"不正常"之处，且这种"不正常"既不违法也不会给别人带来困扰，那这种"不正常"本身就会变得并不是很重要，如何面对这种不正常，如何带着自己的"不正常"好好正常地生活下去，显得更为重要。

我有个朋友有强迫倾向，他是个男生，穿的衣服却总是熨烫得很平整，家里的衣服都要叠成豆腐块，卧室看起来就像酒店客房，电话总要响三声才接起来，他就像《生活大爆炸》中的"谢耳朵"，但这种强迫倾向并没有给他的生活造成困扰，他接受并且很适应自己的强迫倾向。他在生活的其他方面都很正常，有一份正常的工作，有一个爱他也同样有洁癖的女朋友，过着跟大多数人一样正常的生活。身边的朋友虽然有时也会觉得他有点不正常，但看他对于自己的不正常接纳和适应得良好，并且好好生活着，不仅不排斥他，反而对他生出一股认同与敬佩。

有个网友写信来说，因为小的时候冬天烤火被弟弟不小心用火炭烫伤了手指，他有两根手指落下终身残疾，他觉得自己从此不正常，也失去了很多正常人的快乐。多年来，他一直恨弟弟，并且这种恨意始终无法释怀，他觉得自己自卑怯懦，存在社交障碍，成绩不好考不上好大学等问题都是由那盆火炭引起的。我可以肯定，如果他还抱着这样的想法，那以后他找不到女朋友时，会怪那盆火炭；他工作不顺利时，会怪那盆火炭；他生活得不好不开心时，也会怪那盆火炭。他会认为：都是那盆火炭毁了我的正常生活，都是我的弟弟毁了我原本的幸福。他这是在画地为牢，自欺欺人。那两根残疾的手指带来的"不正常"不会毁了一个人的正常生活，那种不愿意为自己的生活负责，不愿承担责任，逃避困难，逃避选择，不愿努力让自己过上正常幸福生活的想法和行为才会真正毁了一个人的生活。

就像前文中提到的亚祖，他的问题不在于恋鞋癖这种"不正常"行为，而在于他知法犯法，并且利用自己的不正常行为逃避要面对的生活难题和责任，比如找一份工作养活自己。他的父母也因为他有病，无论他犯了什么错，都为他开脱，把他宠坏了，使得他没有机会为自己的行为负责，不肯为自己的人生努力。

我相信这个社会上的每个人多多少少都有点不正常之处，有的人有"恋鞋癖""异装癖""同性恋""恋母情结"等比较隐蔽的不正常行为；有的人存在听力障碍、视力障碍、侏儒症、脸上有块胎记等很明显的生理缺陷；还有的人成长在离异家庭、被父母遗弃、是私生子等，成长环境不正常……这些"不正常"大都不会伤害其他人的权益，也不会损害社会的公共利益，也很难能够用"为什么会这样"问出个中缘由，并且给出一个合理的解释，有的甚至完全无法改变。这些不正常之处也许正是上帝让每一个人背负的命运十字架，所以，无论是个人还是社会，都应该给予这种不构成危害的"不正常"足够的尊重，这是一种莫大的安慰与支持，让人们能够更好地面对自己的生活，但如果一个人的"不正常"危害到他人和社会，则是另一回事了。

　　最重要的是，"不正常"的我们不要以自己的不正常为借口，不肯对自己的人生负责。这些"不正常"本身并没有那么可怕，也不能真正伤害一个对自己人生有坚定信仰的人，以自己的不正常为借口不好好生活，不肯为自己的选择和生活负责，才是对一个人最大的伤害。学会接纳"不正常"的自己，以更轻松的心态带着这些"不正常"努力生活，我相信这样的人能够为自己的人生找到出口，实现自己的理想，拥有正常的生活与幸福的人生。

"大家都有病"，没什么大不了

没有谁是世界上最不幸的人，无论你多么不幸，总有别人和你一样不幸甚至更不幸，但人们活在自己的小小天地中，经常看不到这一点。其实，只要看到这一点，很多人的心理问题就开始了治愈之旅。

前段时间，我在上海的人民广场遇到一对问路的父子，爸爸胖胖的，儿子七八岁的样子。这位爸爸问我广西路怎么走，有趣的是，他除了问路，还对我说他和亲戚约好在广西路的一家餐厅聚餐，他以前来过这里，但现在不记得怎么走了。他好像是在和我解释，脸上带着几丝不安与羞愧，他的儿子站在旁边嘟嘟囔囔，"哼，都不认识路"，有点怨自己的父亲。也许作为一个父亲，带着儿子走在街上，不认识路确实很尴尬很不好意思吧。虽然我大概知道广西路怎么走，但为了给出准确的信息，我一边打开手机里的地图一边对那个爸爸说："你等我看下手机地图，上海的道路横七竖八的，各种小巷子也多，我都在这儿生活很多年了，至今也没有搞清楚。"我刻意这么说是为了缓解这对父子的焦虑，果然，这个爸爸听了之后，整个人放松了下来。

看着他们离开的身影，我想起美剧《绝望主妇》中的一段场景。Lynette（丽奈特）被自己的几个熊孩子搞得精神崩溃，为了让自己有精力应付孩子们的事情，她吃了医生开给孩子们的用来治疗他们ADD（多动症）的药（没有多动症的人服用了这种药会变得亢奋），并且还形成了药物依赖。她逃离孩子们，孤独又疲惫地坐在足球场上，Susan（苏珊）和Bree（布丽）找到她，开始安慰她。

Lynette：我吃药是因为它让我充满活力，晚上也兴奋得无法睡觉，到白天我又精疲力竭，完全日夜颠倒了。我很爱我的孩子，有我这样的母亲，他们真不幸。

Bree：Lynette，你是个好妈妈。

Lynette：不，我不是，我无法担负起一个母亲的责任，我厌倦了接连不断的失败，实在很丢脸。

Susan：不是这样的，就算你对治多动症的药上瘾了又如何？这事常发生。

Bree：你有四个孩子要照顾，压力很大，你只是需要点帮助。

Lynette：这才是丢人的地方，其他母亲都不需要帮助，其他母亲都能轻松地照顾好孩子，我却只知道抱怨。

Susan：那不是真的，当Julie（朱丽叶）还是个小孩的时候，我几乎每天都像疯了一样。

Bree：当Andrew（安德鲁）和Danielle（丹尼尔）还小时，我总是很紧张，经常在他们午睡的时候哭泣。

 Lynette（开始哭泣）：你们怎么从来不告诉我这些？

 Bree：哦，宝贝儿，没有人愿意承认自己招架不住压力。

 Susan：我们只是觉得放在心里会更轻松一些。

 Lynette：哦，不对，我们应该把这些都说出来。

 Susan：那样对你有用吗？

 Lynette：是的，这真的让我好多了。

 如果从心理咨询的角度分析以上的对话，其实Susan和Bree给Lynette做了一次心理治疗，用的技术是"一般化"，也叫"普遍性"。咨询师会告诉来访者许多人和他一样，他的问题是常见的、暂时的，具有普遍性，而不是病态的、无法控制的灾难，以此来降低或缓解来访者的情绪，也使他们可以接纳自己的问题。有的咨询师会采用自我暴露的方式，告诉患者自己曾经也遇到类似的问题，大部分对自己的问题比较焦虑的来访者，一旦得知很多人和自己一样，而自己病得不是很严重时，通常会像Lynette一样瞬间感觉好多了。

 欧文·亚龙是当代美国团体治疗的权威人物。他在《团体心理治疗》这本教科书中提到能使团体发挥作用的11个疗效因子，其中就包括"普遍性"。我自己在组织和参与团体心理成长的活动中，对"普遍性"的治愈力更是体会颇深。比如，有个成员一在人前说话就紧张焦虑，脸红冒汗，感觉自己的声音在颤抖，也不敢看别人。他说："我觉得自己很不正常，心理问题很严重。为什么就我会这样？别人都好好的。"这时，另一个成员告诉他："其实我和你一样，也很害怕在人前讲话，我现在和你讲话感觉自己的心在'咚咚'跳个不停，头也感觉晕乎乎的，喘不过气来。"他一听到这话，痛苦的感觉就减少了大半。

有个成员在职场上遭遇了不顺。这是他的第一份工作，老板不喜欢他，有的时候还会骂他，同事排挤和为难他，他很痛苦，觉得自己很无能很没用，他甚至怀疑自己是不是会一直这样下去。团体中的其他成员纷纷吐槽自己在工作中遇到的问题，原来被老板骂、被同事穿小鞋、被人伤害和背叛这些事情几乎每个人都遇到过。听了大家的分享，他立刻放松了下来，说："之前我以为就自己在职场上遇到过这样的问题，没想到大家都一样。"

我们每个人都活在自己有限的个人经验中，遭遇困境时，常常会形成诸如"我是天底下最不幸的""我是最惨的""我是最不正常的""我是最没用的"的认知。很多人给我写信表达了类似的认知与情绪。

"我有听力缺陷，是小的时候生病导致的，我经常听不清楚别人讲话的内容，从小学到现在工作，我一直很自卑，同学的嘲笑和公司同事歧视的目光让我痛苦不堪，我感觉它毁了我的一生……为什么别人都身体健康，而我却要受这样的罪？"

"妈妈和爸爸在我上小学的时候就离婚了，这对我造成了很大的伤害，导致我很害怕进入一段亲密关系。我现在快30岁了，没有男朋友，工作也一般，我觉得我要孤独终老了。别人都过得很快乐，为什么就我过得如此痛苦和不幸？"

"我失恋了，大半年还没有走出来。每次看到别人出双入对，我就备感痛苦。为什么其他人失恋了就能很快走出来，然后又开开心心开始新的恋爱，就我这样没用和痛苦？"

…………

很多人都觉得自己是世界上最不幸的人，总觉得自己的痛苦是世界上独一无二的，总是感叹"为什么就我这样痛苦和不幸"。其实，大家都有病，每个人都有不同程度的心理问题，每一个有痛苦和心理问题的人都能找到很多"同道中人"。

我每次写一篇关于某个心理问题的文章，底下就有好多人留言，"我也有这个问题"，"我朋友也是这样"，这就极好地证明了这一点。患不孕不育症很不幸吧，可是你到治疗不孕不育的医院一看，简直可以用人山人海来形容。没有谁是世界上最不幸的人，无论你多么不幸，总有别人和你一样不幸甚至更不幸，但人们活在自己的小小天地中，经常看不到这一点。其实，只要看到这一点，很多人的心理问题就开始了治愈之旅。

这是为什么呢？

当一个人抱着诸如"我是世界上最不幸的人""我是最惨

的""我是最不正常的""我是最没用的"的认知的时候，他将自己的问题无限扩大了，他会死死地盯着自己的问题，并把它当作生命中最重要的事情，甚至把"我"和"我的问题"等同起来，自我设限，画地为牢，然后他带着很多负面情绪，花费自己大量的能量和资源去解决它。如果问题没解决，生活的其他方面也会弄得很糟，那就真的很不幸了。

当一个人不再紧盯着自己的问题，他心中的焦虑、消极、悲观等负面情绪就会得到缓解，他就会有能力和能量看到更多的东西，人轻松了，视野宽了，就会懂得如何更好地面对和解决问题。

现在越来越多的人敢站出来说自己患有抑郁症，我觉得这是一件非常好的事情。我们这个社会目前还无法做到很正常地看待心理问题，很多心理有问题的患者讳疾忌医，生了心理疾病不敢说，也不去看，自我封闭起来，把痛苦憋在心里。久而久之，心理问题越来越严重，生活也越来越不幸。就像Lynette所说的那样，我们应该把这些都说出来。越来越多的人勇敢地暴露自己的心理问题，一方面可以让自己获得更多的帮助，另一方面也可以让那些以为自己的问题是洪水猛兽的患者知道"我并不是一个人"，"很多人和我一样"，这样他们内心的痛苦可以得到缓解和治愈。

等到大部分人接受"大家都有病"这样的观念，觉得有点心理问题很正常，愿意去看心理医生或者心理咨询师时，我相信那会是一个更开放更幸福更健康的社会。

_接受不完美的父母

接受事实，我们就可以获得很大的解脱，同样，接受我们真实的父母，生活会变得轻松、自由。

我曾在旅行途中遇到一个朋友，他说过这样一句话："人活在这个世界上，有两样东西不必去管，一是别人的看法，二是谁生了我们。"我觉得他说得很有道理，但真正做起来却很难，不管别人的看法，很多人还能做到，但不去管谁生了我们，很多人就做不到了。

我在咨询中遇到很多来访者，他们内心的痛苦很大一部分是因为太在意自己的父母是谁，无法接受自己父母的本来面目。有个来访者是个24岁的年轻女孩，她的父亲性格比较懦弱胆小，赚钱的能力也比较差。当她五六岁时，她的妈妈因为受不了丈夫的懦弱与无能，与之离婚，离婚后就离开了当地，远嫁他乡，再也没有回来过。虽然这个女孩在姑妈的帮助下顺利长大，接受了高等教育，毕业后也有一份很不错的工作，但她一直对自己的家庭及出身感到羞耻。因为害怕别人问起她爸妈的情况，她尽量减少社交，因此她也没有几个真心朋友。她总担心父母离婚的事情会被人知道，父亲的无能和妈妈的无情让她感到羞耻。她担心别人一旦知道她的家庭情况就不愿意和她交往，担心别人会看不起她。在人群中，她像背负着一个秘密难以与人和谐轻松地相处。其实，是因为她自卑，看不起自己，才会觉得别人看不起她，因为她无法接受自己父母的样子，才会觉得别人不会接受她。

有个亲戚告诉我一个关于他的孩子的故事。他的孩子上了初中后，总在同学面前吹嘘自己家里多么有钱，说自己的爸爸是做大生意的，他怎么和父母一起坐飞机去外地旅行，他妈妈要在他过生日的时候举办盛大的生日party（聚会），到时他要邀请班里的同学参加……其实，这个孩子所说的一切都是谎言。他之所以撒谎，是因为内心自卑，对自己平凡的出身感到羞耻，他想通过谎言让自己获得同学更多的关注和喜爱。我可以理解这个撒谎的孩子，我想在他的心里，他多么希望自己所说的一切都是真的。

记得我14岁那一年，到县城读初一，那时，我已经在农村生活了14年，上学放学都是走路，很不适应坐车，一坐上去县城的公共汽车，我便晕车、恶心，为此，我很苦恼很尴尬。那时，我的同桌——一个姓吴的同学，她是一个成绩优秀长相甜美的县城里的女孩，也许是因为我的学习成绩好，也许因为我们是同桌，我俩关系还不错。有一天，她邀请我去她家做客。那是我第一次到城里的孩子家做客，看到布置得像电视里一样温馨、典雅又整洁的家，看到她长得年轻又美丽的妈妈，我和她的家人一起吃了一顿非常丰盛的午餐。那时，我就想，要是我也有一个这么美好的家庭就好了，要是我的妈妈那样美丽迷人就好了。

多年后的一天，我妈妈在闲聊时忽然说起我整个中学时代从来都没有请过同学到家里玩耍或者吃饭，她说我这个人小气，不会交朋友，性格孤僻。殊不知，有很长一段时间，我不能接受自己的出身，对家里的瓦房、旱厕、发黑掉墙皮的墙壁、面朝黄土背朝天的农民父母都不能接受，把同学请到家里来，会让我感到羞耻，感觉特别没有面子。

德国家庭系统排列师Wilfred Nelles PH.D.在《真相，治疗心灵的妙方》一书中说："我们所有的规划与行为模式，都过于视而不见而不是真的看见，太过防御而不是接受，试图改写生命而不是拥抱生命本来的样子……'接受'自己和生命，始于接受父母。尝试否认、压制、忽略作为儿女的事实来拒绝父母，都会禁锢住生命的重要部分，贬低自己和自己的存在（不只是贬低其他人）。"

当我们一直期待着我们的父母有所不同时，这其实是在削弱我们自己，因为他们是我们的根。接受我们的父母本来的样子，就是接受我们自己，因为我们的生命从他们那里来，没有他们，也就不会有我们。

接受事实，我们就可以获得很大的解脱，同样，接受我们真实的父母，生活会变得轻松、自由，但很多人却做不到，为什么呢?

因为接受我们的父母是如此困难，我们总是希望自己有一对完美的父母，我们对父母有很多理想化的投射，期望他们是富有的、美丽的、地位高的、受过高等教育的、受人尊重的、对我们温柔又充满爱意的、可以给我们无条件爱的……我们希望父母是完美的，不能接受他们的不完美。

我们不接纳、排斥、不满甚至怨恨父母，除了对他们有完美的期待外，或许还因为他们没有给我们想要的爱，没有满足我们很多的需要。

诚实地面对你自己，你会发现在内心中，你其实非常渴望父母爱你、接纳你，但你没有得到，否则，你为什么会排斥、不满甚至怨恨他们呢?

我们不接受自己的父母本来的样子，还因为我们的内心没有长大，我们的内心是一个充满幻想的儿童，希望父母无条件地爱我们，以我们为中心，满足我们所有的需要，我们太弱小了，还不能接受自己不被满足的缺憾。

也许你的父母贫穷，社会地位低，让你从小就体验到物质的匮乏，感到自卑;也许你的父母对你非常严苛，他们经常因为一点小事责骂你，从不肯定你，喜欢拿你和别人家的孩子进行比较;也许你的父母没有受过什么教育，无法给你任何成长上的引导;也许你的父母在你小的时候对你非常粗暴，开口就骂动手就打；也许你的父母沉默寡言，不善于表达情感；也许你的父母身体并不健康，长得也不好看……无论他们是怎样的，富有或贫穷，社会地位高或低，宽容或严苛，受过教育或没受过教育，温柔或粗暴，善于表达或不善于表达，健康或不健康，这些都是我们不能改变的事实。我们的父母是谁，我们不能选择，也无法更换或者改变，我们所能做的就是接受事实。

我所说的接受你的父母，并不是叫你认同你父母为人处世的方式，而是接受他们是你的父母、他们赋予你生命这一简单的事实。

关于如何接受我们的父母，奥南朵在《对生命说是》这本书中推介了家庭系统排列大师海宁格的一个方法：

"选择令你感到疏离的父母一方，想象他（她）就站在你面前。闭上眼睛试试看你是否能丢掉傲慢，容许自己渺小，感觉就像小时候的你。这并不容易，因为你对父母有着太多的埋怨，而且你懂得的比他多，这些想法都会在这时不断涌上心头。请持续对自己说：'我渺小，我无助，我只是一个小孩，天真无邪。'

假如你已经能够做到感觉渺小，那么睁开你的眼睛大声地对你的父亲或者母亲说：'亲爱的（爸爸）妈妈，通过你，生命降临在我身上，这是一份宝贵的礼物，就算这是你所能够给我的唯一，也已经太多、太丰富，足够了。谢谢你给我生命！'"

书中反复强调，你这么做是接受他们是你的父母。你可以尝试向他们鞠躬，这么做不是出于尊敬，不是出于责任，跟爱父母也没有任何关系，只是一种认同，认同他们是你的父母。

接受你的生命来源于你的父母，认同这个事实，而不是去抗争，你会获得内在的放松，进一步接纳你自己，获得更大的生命能量。

我有几个心理咨询师的微信群，成员们经常会发一段话：我们的生命里有门功课名叫"接受"，接受爱的人离开，接受亲人离世，接受喜欢的人无论如何也不能在一起……以及接受自己的出身、相貌、天分。无论活多大，每一次在"接受"面前，我们依旧像个只会哭闹的孩子……区别是，长大后我们会对自己说："接受，是变好的开始！"

"接受"的功课包括接受我们的父母本来的样子，不去期待他们有任何的不同。

因为成长，所以接受，同样，因为接受，我们才得以一步步地成长。

_真的猛士，敢于直面惨淡的人生

当我们愿意直面痛苦，不因害怕而选择逃避，而是迎上前去时，就一定会有所提升。人生就像一个"U"形，当你到达谷底的时刻，也是你开始有所提升的时候。

男友和我出门跑步时，聊起自己在大学和刚毕业那会儿跑步很容易放弃的原因。他说每一次没跑多远就累得像大夏天的狗那样不停喘气，感觉跑步很痛苦，热情遭受了打击，所以就放弃了。隔一段时间再跑，没跑多远，再次感到痛苦，于是又放弃。因为男友没有坚持，跑步没有连续性，他跑步的能力也没有机会获得提升，于是每一次跑步都累得像狗一样。

男友的话让我想起自己最初跑步时的感受。一开始，我跑到两公里时，感觉嘴唇发干，喉咙发紧，原本轻盈的步伐也变得笨重和艰难起来，我很想停下来，但我对自己说，再坚持一会就好了。坚持几分钟后，神奇的事情发生了，那些原本让我痛苦的感觉消失了，力量感、控制感和节奏感又回到我的身上，我开始进入一个轻松稳步向前跑的阶段，我觉得自己可以一直这样轻松地跑下去。接着痛苦出现在我跑了五六公里时，再往后痛苦出现在我跑了七八公里时……正因为一次又一次面对并且穿越了痛苦，我才能够跑得比之前更远一些、更久一些。

如果要问我从跑步中收获了什么？我想，其中重要的一点恐怕就是：学会直面痛苦，学会跟痛苦待在一起。

上瑜伽课时，老师带着我做一个拉伸身体韧带和筋骨的体式，我常感到身体有撕裂感或其他不舒服的感觉，这时，她常说一句话：请带着呼吸跟这种疼痛待在一起，去感受这份疼痛和不舒服的感觉。每次我按照老师说的去做，不放弃、不逃避，坚持在这个体式中待着，很快就能穿越这份疼痛，之前不舒服的感觉也很快消失得无影无踪。

小的时候我住在乡下，很怕黑。院子的一个角落因为灯光照不到而一团漆黑，什么也看不见，我总是忍不住想象那团黑暗中有各种可怕的怪兽、女鬼、吃小孩的妖精……丰富的想象力让小小的我越想越害怕，更加恐惧靠近那里。忽然有一天，我觉得与其每个晚上都这样担惊受怕，还不如大胆地去看看那个黑暗的角落里有什么，于是，我先拿手电筒照向那个黑暗的角落——什么也没有；接着，我站在离这个黑暗的角落很近的地方——还是什么也没有；再接着，我站在那个地方，关了手电筒，让自己置身于黑暗中，就这样静静地待上几分钟——什么也没有发生，从此以后，那个黑暗的角落再也无法令我感到恐惧了。

后来，我学习心理咨询，才知道自己其实无意中采用了"系统脱敏法"，一步一步地帮自己摆脱了对黑暗角落的恐惧（建议有焦虑症或者恐惧症的人在专业心理从业者的指导下进行脱敏训练）。通常来讲，系统脱敏疗法包括三个步骤：

1. 建立恐怖或焦虑的等级层次。

（1）找出所有使来访者感到恐怖或焦虑的事件。

（2）将来访者报告的恐怖或焦虑事件按等级程度由小到大的顺序进行排列。

2. 放松训练。

3. 系统脱敏练习。

（1）进入放松状态。

（2）想象脱敏训练。

（3）现实训练。

有的时候，我们甚至不需要进行现实的系统脱敏训练，仅仅应用想象脱敏就能帮助一个人摆脱恐惧和焦虑。有个老师跟我讲过她如何运用想象脱敏帮助自己的一个学生摆脱对蛇的恐惧。这是一位年轻女性，因为上小学的时候有个男同学恶作剧，将一条假蛇挂在门把手上，她在不知情的情况下开门，手指触碰到了假蛇。从此，她便对蛇充满了恐惧，单单听到别人讲"蛇"这个字就痛苦不安，更别提看到有关蛇的图片或视频，或者真的见到蛇了。老师让她闭上眼睛，在脑海中想象自己的眼前出现一条蛇，这条蛇被装在密闭的玻璃缸里，对她不会造成一点伤害，然后让她观察这条蛇的一举一动。老师问了她很多问题：这条蛇有多粗，是什么颜色的，身上的花纹是什么样的，它的眼睛是什么样的，它吐出的芯子是什么颜色的……

经过这样一番想象脱敏之后，这位女同学一睁开眼睛就感觉自己不再像从前那样害怕蛇了。

以前上课时，老师讲的一个案例让我感触颇深。来访者是一位35岁左右的女士，患有特定场所恐惧症，她恐惧的地方不是广场或者电梯这类其他人比较容易恐惧的场所，而是自家的地下室。她从来不敢踏足自家的地下室，如果迫不得已要去地下室，她一定会让自己的孩子陪同。即便如此，她还是会因恐惧而心跳剧烈，汗流浃背，四肢颤抖。当她被问到为什么会害怕地下室时，她说感觉地下室的地底下埋了一个死人。

一个人患上心理疾病常常跟内心的压力或者冲突有紧密关系。从外表上看，这位女士事业发展顺利，丈夫对她温柔体贴，两个孩子也聪明乖巧，可以说是家庭和谐、事业成功，看不出她患心理疾病的原因。后来，在谈话的过程中得知，她现在的丈夫是她的第二任丈夫，她的第一任丈夫是遭遇车祸去世的，车祸发生后，她请了几天假，一个人默默地负责全部的丧葬事宜。后来，她开始一个人生活，努力发展事业，恋爱，再婚，生孩子……她单位里的同事和身边的许多朋友甚至不知道她曾经遭遇丈夫忽然去世的人生重创，因为她没有向其他人说起，也没有将哀痛表现出来。她一个人处理和应对了许多艰难的事情，她甚至没有为此哭过。

她后来搬过几次家，亡夫的照片，学位证，获奖的证书，他们恋爱时写的书信，她都舍不得丢掉而是放在地下室。当她意识到自己的恐惧症跟亡夫有关时，她问咨询师要不要扔掉这些东西，咨询师说，只有先处理了内心的感受再去处理这些物品，对她才更有帮助。她开始直面自己内心因失去丈夫而产生的痛苦，重新哀悼死去的丈夫，释放自己的悲伤，让自己尽情去感受悲伤、体验痛苦，然后跟亡夫好好告别，处理他的遗物。结果可想而知，直面内心的痛苦，经过哀痛和悲伤的洗礼，这位女士摆脱了对地下室的恐惧。

这些案例中的人最终摆脱了内心的痛苦，过上更快乐的生活的真正秘诀并不是因为采用了系统脱敏疗法或者去看了心理咨询师，而是他们直面痛苦，跟痛苦扎扎实实地待在一起，让痛苦如一场瓢泼大雨倾倒在自己身上，不逃避、不否认，从而才能真正穿越或者告别痛苦，过上更健康更幸福的生活。

人生或者生活本身就是一个困难重重的过程，可是逃避痛苦是人的天性，人人都害怕承受痛苦，遇到问题的第一个想法是逃避而非解决问题，但逃避痛苦不能解决任何问题，只会让我们陷入更大的麻烦和痛苦之中。有一部分人很不幸，遭遇生命中难以承受的重创，比如在年幼时遭受虐待，例如性侵害、被父母遗弃等，因为真相和事实让他们太痛苦了，为了逃避痛苦，继续生活下去，他们甚至会患上精神分裂症，让自己活在虚幻的世界里。

逃避痛苦是人类的心理趋向，大多数人虽然不像精神分裂症患者那样严重地逃避现实，但也一样常常逃避现实和生命的真相，活在修饰过的虚假的世界里。人人都存在一定程度的心理问题，真正的心理健康者寥寥无几。

比如，有的人觉得自己面对的任务完成起来会很困难很辛苦，要花费很多时间和精力，在解决问题的过程中还要承受焦虑和痛苦，于是他不断拖延时间，等待事情自行了结或者期望问题自行消失，可是，越是拖延，他面对的任务和困难也越巨大，让他越难以承受解决这些问题带来的痛苦，最后，他束手无策，更加无能为力，生活陷入一片混乱之中。这是现在很多拖延症患者的真实写照。

有的人在人际关系上出现问题，与家人、同事常常发生矛盾冲突，无法和谐相处，或者工作出现问题，面临很大的危机，却不直面，反而选择与酒精和麻醉药为伴，希望以此麻醉自己，忘记痛苦，换得片刻的解脱。最后，他不仅没有获得解脱，还成为一名"瘾君子"，丢掉了工作，失去了家人。

还有的人发现另一半出轨，但害怕因此而婚姻破裂，害怕外界议论自己，假装一切都没有问题，假装自己的婚姻很幸福，伴侣很爱自己，对婚姻中的问题视而不见，既不找另一半解决问题，也不告诉任何人自己的婚姻出现了状况，内心的恐惧、不满、愤怒、怨恨、悲伤和压抑交织在一起，长此以往，患上各种心理疾病，甚至身体健康也出现问题。

　　遭遇不幸或者创伤本身并不一定会导致心理问题，它们之所以令我们陷入困境，是因为我们想否认或压抑自己人生中的不幸与痛苦。逃避痛苦、否认现实或者自我欺骗会暂时令我们好受一些，但它将我们的心与自己的人生真相隔绝开来，而虚假是不具有任何力量的。这样长期逃避下去，活在虚幻中，只会让我们越来越不敢碰触人生的真相，心理疾病由此而生。逃避问题和痛苦的倾向，是人类产生心理疾病的根源。

　　一心逃避和否认痛苦只会带来更多的痛苦。心理学大师荣格明确指出："神经官能症是人生痛苦常见的替代品。"不少人为逃避新的问题和痛苦，不断以神经症为替代品，患上各种心理疾病。如果不能坦然面对自己的神经症，积极寻求心理医生的帮助，就会导致心理疾病越来越严重。那些直面痛苦，积极面对自己的心理疾病，寻找心理医生的帮助，不否认、不逃避问题的患者，能够借此契机获得心灵的成长与成熟。

　　直面痛苦并不容易，这需要我们有充足的勇气，所以，我们常说那些去看心理医生或者去做心理咨询的人是非常有勇气的，从某个层面来讲，他们比不看心理医生的人更健康。很多人以为看心理医生会让人感觉如沐春风，这种想法显然错了，看心理医生或者去做心理咨询是为了解决问题，而不是为了找舒服。心理咨询其实是一个直面痛苦的过程，也是一个面对自己的生命事实和真相的过程。正是因为勇于面对和解决困难，才能够使我们的心灵更健康。

鲁迅说："真的猛士，敢于直面惨淡的人生。"一位朋友和我讲了一段她直面自己惨淡人生的经历。某一年春节，她在父母家里过年。大年初一，她早早醒来就再也睡不着了，不是因为外面热闹的鞭炮声，而是因为她想到自己目前的生活状况，她越想内心越焦虑，然后她拿出纸和笔，在纸上一条条地罗列出自己的生命真相：37岁还是单身；辞掉了工作，现在没有新工作；没有钱；很迷茫，不知道下一步怎么走……面对白纸黑字上惨淡的人生现实，她再也无法否定和逃避，她一边写一边哭，委屈、痛苦、悲伤化成大颗大颗的眼泪，就这样，她一个人坐着哭了很久。

这样哭过之后，她再次面对自己悲惨的生命真相时，变得能够坦然接受，心理能量获得了解放和激活，内在的生命力量又回到了她的身上。很快，她开始积极行动起来去解决自己的问题，没多久，她就交了一个男朋友，然后确立了自己新的职业发展之路，人生从此开始顺遂起来。

当我们心灵的天空布满阴云时，只有经过一场暴雨的洗礼才能重现阳光，见到灿烂的彩虹。

人生苦难重重，唯有直面并穿越一个又一个痛苦，我们才能获得心的成长。对一个人来说，相比寻找和体验快乐，能够直面痛苦，与问题进行正面搏击显得更为重要，这能让我们得到最好的学习。我相信，当我们愿意直面痛苦，不因害怕痛苦而选择逃避，而是迎上前去时，就一定会有所提升。人生就像一个"U"形，当你到达谷底的时刻，也是你开始有所提升的时候。

本杰明·富兰克林说过："唯有痛苦才会带来教益。"希望每个人都能学会直面痛苦，并从自己所受的每一份痛苦中受益，获得成长和心智的成熟与完善。

PART *2*

你不是不能成功，
你只是不够努力

/
/
/

　　年轻人都渴望成长和改变，但努力和改变要
有方向和方法。找到属于自己的正确的方向有时
比努力更重要。一个人越认识自己，越知道自己
的道路应该走向哪里，越容易做一个真实有力量
的自己，收获丰富多彩的人生。

_你所谓的努力，不过是在自欺欺人

我所谓的努力，只是因为我自己做事情缺乏条理，缺乏有效的行动力而导致的一系列的溃败后采取的补救措施而已，这有什么值得我感动和肯定的呢？

　　某一天中午，我在一个咨询工作室的门口痛苦地徘徊，因为我约的咨客马上就要到了，但咨询室的门却还关着。我按了几遍门铃，无人应答。我打了几通电话给工作室的两位负责人，无人接听。我猜想他们都不在工作室，这让我感到万分焦虑紧张，迅速调动自己的脑细胞，想着如何解决这个问题。这时，我突然想起自己曾经用过另一个咨询工作室，悲摧的是我没有存他们的联系方式。不过没关系，我找到了他们宣传活动的微信，上面有他们的联系方式。我迅速地找到了电话，预约了时间和场地，但比之前我和咨客约的时间晚了一个小时。我心里想：只能这样了，总比没有强吧。接下来，我又打电话给在路上的咨客，跟她谈时间和场地变更，她那时正在出租车上。我挂了电话，走出小区，正准备往另一个场地赶，第一个工作室的一个负责人回我电话，说工作室里有人，但因为正在做咨询无法给我开门，让我在门口等十几分钟，于是，我打电话给我的咨客重新确定场地，然后打电话取消之前的预约……

当这些事情完成之后，尘埃落定，我长出一口气。咨客还没有到，门也没有开，我站在工作室门前耐心又安心地等待着。我有几分钟安静思考的时间，想到的是：我工作真是努力和辛苦！我沉浸于那片刻的自我陶醉中，可脑中却响起另一个声音：你胡说，你哪里是在努力，你这样分明是愚蠢和无能！如果不是你忘记提前电话预约，他们怎么会关门，你又怎么会如此狼狈？

如果那天我早一点起床，打电话预约场地和时间，我就不会在匆忙中赶到工作室，然后遇到这一系列的麻烦。我所谓的努力和辛苦其实是完全可以避免的，只要我事先打一个电话就行了。

我所谓的努力，只是因为我自己做事情缺乏条理，缺乏有效的行动力而导致的一系列的溃败后采取的补救措施而已，这有什么值得我感动和肯定的呢？

我意识到这是我过去生活中诸多事情的一个缩影：我误以为那些使自己遭受了一些痛苦但对结果没有帮助的行为就是努力。这于我而言真是一个巨大的顿悟，让我忽然明白了许多之前无法想通的事情。

几个月前有一个编辑向我约稿，给一套青少年丛书写序言，这套丛书一共有八本，所以要写八篇序言。写作之前，我们简单沟通了下写作的方向，即多多挖掘主人公身上的美好品质。三个多月后，我将自己辛苦工作的成果——八篇序言发给编辑。他读过之后，觉得序言的质量和视角等离他的要求还有距离，发给我几篇序言做参考，提出了修改意见。因为对方提出的修改意见不够具体，我评估之后，感觉要修改的地方有很多，而且支付稿费、图书出版等时间难以确定，这些让我无法接受，于是，我决定终止这项工作，八篇稿子作废，之前所有的辛苦付出全部付诸东流。

当时我想，为什么我这么"努力"，结果却如此不好？后来我想明白了，是我自己的问题。当编辑和我说要写几篇很好的序言，要挖掘主人公身上的美好品质时，我没有进行具体沟通，没有进一步询问对方如何才能算是好序言，主人公身上的哪些品质可以深入进行挖掘。如果我提前进行了更具体的沟通，对方就会在我动笔写作前，将他觉得达到要求的好序言发给我做参考，而不是在我写完之后。如果我在完成第一篇序言时就发稿子给对方审阅，那我就能够及时知道自己在工作上的问题，不会将问题进一步扩大，导致后面无力解决。

这两件事都让我看到我是怎样把自己的愚蠢、无知、无意义、无价值的消耗当成所谓的努力。

其实，这些发生在我身上的事情并不是特例。

有个网友曾发微博私信问我："为什么我这么努力，却总是经历一次又一次的失败？我四级考了两次都没有通过，第三次考试的结果出来了，还是没有通过。我之前考会计上岗证时也是这样，我每天很努力但成绩却没有多大提高。我这么努力，为什么就不能有收获？"我问他："你是怎么努力的？"他说："别人玩的时候，我在自习室里学习，每天早出晚归。"

我觉得他所说的明显违背因果规律，于是去他的微博上浏览一番，很快就找到了答案。他的前一条微博是这样的：我来到自习室学习啦！接下来的每一个时段，他都转发一些搞笑的段子和其他微博，我想起他还经常到我的微博下点赞和留言，于是我的脑海中浮现出这样的画面：他在自习室学习其实就是拿着手机刷朋友圈和微博，点赞和转发。他所谓的努力，其实只是看起来很努力而已，并没有真正努力到点子上。

我最近收到了另一封邮件："我是一个每天都很忙的人，因为我觉得自己有好多事情要做，想珍惜每分每秒充实自己。大学期间，我不逃课，利用课余时间去图书馆看书或者做兼职，很少和朋友出去玩，大家觉得去娱乐场所很有趣，而我会感到非常无聊和压抑，觉得这就是在浪费时间。老师和同学都觉得我是个非常刻苦的好学生，而只有我自己才知道我是个伪好学生，脑袋整天昏昏沉沉，读书也读不进去，听课也听不进去，考研复习期间心情压抑，一点也学不进去，自己骗自己玩。"

这让我想起一个朋友，他在一家单位上班，同时创业做一家小型软件公司。他一天到晚非常忙碌，每次朋友聚会，总见他在不停地打电话，接电话。他觉得自己很努力很拼，而我们这群熟悉他的朋友则将他的这种努力命名为"瞎搞"。他在生活中经常这样：跟客户见面开会，谈论软件开发的需求，由于开会之前他没有看客户发来的资料，再加上开会时没有认真听取客户的意见以及理解客户的需要，回去后，他让手下员工做出来的产品和客户的需要差距很大。客户进行投诉，他这边骂员工，那边给客户道歉，要求宽限项目周期……他的生活就是这样循环反复。他的公司刚开始拥有的客户还很多，现在一个又一个客户都不再与他合作了。

最近听说他短短一个月内搬家三次，还因为很小的事情跟某个装修公司打起了官司。我问一个朋友："他不是很忙吗？怎么还有时间折腾这些？"朋友回答："有的人因为自身无能，所以要折腾出很多的事情让自己忙碌，用来增强自己那可怜的自我价值感，同时得以忘记和逃避自己的无能。"

这回答真是太犀利了！

我想起了自己学习英语的事情。有一天，我在家收拾床头的橱柜，发现了好几本笔记，每一本里都记满了英语单词、短语和语法知识，笔记记得整洁又认真，我突然想起自己曾经也记过几大本类似的有关英语学习的笔记，然后我整个人就不好了……为什么我这么努力记笔记，却学不好英语？带着这样的疑问，我继续走在学习英语这条不归路上。

一天晚上，我正在背雅思单词，男朋友忽然和我说："别背了，你根本就没有用心学，只是在自欺欺人罢了！"这句话像电流一样穿过我的全身，让我瞬间找到了"为什么我这么努力，却学不好英语"的答案。其实，我不是真的很努力，我只是一个劲地记笔记，但从来都不会翻看做过的笔记；我听各种各样的听力材料，但从来不会重复听一个材料三遍以上；我背诵单词，但总是三天打鱼，两天晒网……我所谓的努力，其实只是为了告诉自己和别人：你看，我正在努力呢！

在我们身边，总有一些笔记做得非常认真，但学习成绩并不理想的人；总有一些在图书馆"努力"学习了一天又一天，但论文和考试还是通不过的人；总有一些经常出入健身房，但一点效果都没有展现出来的人……并不是他们太笨，而是他们并不是真正在努力，他们要么没有选择在正确的方向上坚持行动，要么只是看起来努力，采用无效的方式，没有做到专注和用心。很多那么早去自习的人，实际上只是拿着手机点了无数个赞；有些人看起来在图书馆坐了一天，实际上只是用手机看了一天玄幻小说……他们和我一样，把自己的愚蠢、自欺欺人、无意义、无价值的消耗当成了努力。

有些人夸耀自己努力拼搏，长久地泡图书馆学习，熬夜看书到天亮，连续几个月都没有放假休息……其实，如此痛苦的努力并不值得夸耀，而是需要严肃地审视。那些所谓的艰苦努力，是否是你的愚蠢，你的自欺欺人，你的无意义、无价值的自我消耗？这是我们教育的误区，以为投入时间必然会带来成功，我们鼓吹艰苦奋斗，提倡

"今天痛苦，明天就幸福""十年寒窗苦""吃得苦中苦，方为人上人""学海无涯苦作舟""梅花香自苦寒来"……但如果没有在正确的方向上，以有效的方式努力，那吃过的所有苦其实只是在浪费时间、浪费生命。

那些真正努力的人，也许并没有这么勤奋，也没有过得那么痛苦，因为他们并不期待短期努力即刻就有巨大的回报。他们选择了一个正确的方向，以专注和热情持续浇灌，以一种正确的、智慧的方式缓慢但平和地前进着。他们可以一边努力一边享受当下的生活，他们所有的努力都不是给别人看的，而是为了自己内心真正的追求。这些有价值的努力，也一点一滴真正到达了他们的内心，变成了他们真正的能力。

_我们来自才华有限公司，但拥有无限大的梦想

也许我们在追逐理想的过程中会认识到自己来自才华有限公司，我们的本事撑不起自己的理想；也许我们会认识到自己缺乏梦想成真所需的资源与坚持，在逐梦的过程中，我们败给了时间，败给了自己的惰性与懈怠；也许我们还会认识到自己完全不可能去拥抱理想……

三月初，走在上海的街头，微风吹拂，湿润温暖，让人感觉到春天来了。我看到路边一个三岁的小孩张大嘴，迎着风边喊边跑，给人一种"一定会有美好的一年"的很棒的感觉。从去年十月开始，一直伴随着我的动力缺失症似乎也在这样的春天里消失了，我感觉一切都是新的，一切都充满了希望。

这一切使我不禁想起电影《立春》中的台词："立春一过，实际上城市里还没啥春天的迹象，但是风真的就不一样了。风好像在一夜间就变得温润潮湿起来了。这样的风一吹过来，我就可想哭了。我

知道我是自己被自己给感动了。"说这句话的文艺女青年叫王彩玲，她喜欢唱歌剧，也唱得好。你说她是其貌不扬的普通人吧，其实她还算不上，电影中喜欢油画的黄四宝看到她后，曾遗憾地说，想不到王彩玲长得这么难看。王彩玲大龄未婚，一口龅牙，满脸疙瘩和黑斑，走路迈着八字脚，性情古怪，对喜欢自己的男人很不屑。她喜欢躲在房间里自己缝制演出服，自视为天才，觉得自己与芸芸众生不同，她经常对人说"我一定能把自己唱到巴黎去"。她一次次坐着火车从小县城来北京，找歌剧院求职，被人拒绝，人家对她说"你想都不用想"。她一次次在北京花钱托人买户口，希望自己能走出那闭塞的小县城。

后来，她的户口梦、北京梦、巴黎梦都幻灭了。婚姻无着后，她似乎认命了，领养了一名兔唇的小女孩，过着庸常平静的日子。她带着女儿去做手术，修复了女儿的容貌，她教女儿唱童谣，带她去北京玩。

我想说的第二部电影，同样与音乐有关。在《我心遗忘的节奏》中，汤姆是个年轻的房地产商人，但他的工作并不体面，有点像打手和流氓。他在居民楼里放活老鼠、断水断电，用球棒捣毁房屋设备等方式驱赶和欺压与他一样身处社会底层的人。他狂暴躁动，对于自己伤害的人没有丝毫怜悯。同时，他还要在不耐烦时一次一次地借助暴力替父亲——一个肥胖而粗鲁的不法房地产商人——摆平各种麻烦。

一次，汤姆偶遇一位年长的音乐经纪人，这人曾经是汤姆去世的钢琴家母亲的经纪人。他记得汤姆幼年时颇有音乐天分，他愿意给汤姆一个试奏的机会，这个机会也许能够让汤姆成为钢琴师。汤姆想起童年时练习钢琴的美好时光，想起了优雅温柔的母亲，于是，他重拾钢琴梦，聆听尘封已久的母亲的演奏磁带，甚至聘请了一位毕业于北京音乐学院的越南女孩苗玲作为自己的指导，他试图拾回心中遗忘的节奏。他们虽然彼此语言不通，但在一日日的练习中，两个人的交流越来越顺畅，汤姆的钢琴技艺也获得很大的进步，但汤姆跟父亲以及同事的关系却越来越糟，因为他沉迷练琴而耽误了房地产的工作。后来，汤姆在试奏时表现得一塌糊涂，他失败了，而他的父亲因为暗线交易，被黑社会枪杀，惨死在家中。

剧情跳转到两年后，曾经的钢琴老师苗玲已经是举办独奏音乐会的明星了，而汤姆成了她的经纪人。就在一场演出的前夕，穿着西装，打着领带，英俊潇洒的汤姆遇上了杀父仇人，两人一阵厮打后，汤姆在即将手刃仇人的最后一刻悬崖勒马，转身离开。影片的最后，他洗净自己脸上的血污，整理好衣服，悄悄步入剧场，坐在属于自己的位置上，闭眼聆听音乐，用布满伤口的双手在膝盖上弹出内心的旋律。

一个人在追求理想的路上，会遇到很多的阻碍。对于王彩玲来说，她丑陋的相貌，身处20世纪80年代的中国底层，中国的户籍等体制问题是横在她实现理想路上的巨石。对于汤姆来说，他那暴戾的性格、丧失双亲的悲痛、自身所处社会底层以及从事非法行当等因素，让他在实现个人的音乐梦想时举步维艰。

小说《了不起的盖茨比》中的"我"有一位很有教养的父亲，他说："每逢你想要对别人评头论足的时候，要记住，世上并非所有的人都有你那样的优越条件。"

　　一个在北京有房有车，还有北京户口，会唱歌剧又长得好看的黄彩玲显然比王彩玲"唱到巴黎去"的可能性要大得多，而一个出身巴黎上流社会，母亲是有名望的钢琴家，父亲是著名的地产大亨，自己从小热爱弹钢琴的杰克，显然要比汤姆举办独奏音乐会的可能性要大得多。

　　这就是现实。人要脱离自己的环境而选择道路是异常艰难的，我们身处的环境往往塑造了我们自己和要走的路。

　　《立春》和《我心遗忘的节奏》似乎是拍给有文艺梦想的文艺青年们看的文艺片。也许很多人会说这两部电影都惨兮兮的，似乎在为文艺青年唱挽歌，无论是中国的文艺女青年王彩玲，还是法国的文艺男青年汤姆，他们的理想在现实面前都幻灭了，他们认了命，过着平常而普通的生活。电影似乎在告诫文艺青年们别做梦了，尽早认清现实，好好生活吧，不要太理想主义，但在我看来，这两部电影并不凄惨，反而有一种独特的温情与治愈力，它们肯定了理想主义的力量。

　　虽然电影中的主人公最后都没有实现自己的理想，但在追求理想的过程中，他们收获了其他的东西。王彩玲虽然没有唱到巴黎，但有了"贴心的小棉袄"，原本都不和邻居打招呼的她体会和享受到了普通人生活的温馨与快乐。汤姆没有成为独奏钢琴家，但摆脱了暴力的打手生活，成了音乐经纪人，他选择了一种更加健康、更加光明的生活，音乐治愈了他内心的伤痛，也改变了他的灵魂。

他们的故事也让我看到：最坏的情况不过如此，我们还没有失去生活，那又何必早早放弃理想呢？

我收到很多文艺青年写来的邮件。前几天，有个女生来信说自己已经30岁了，已婚未育，一直在一个三线城市做着行政工作，不知道自己真正热爱和擅长什么，想转行但很迷茫，想离开小城市到大城市去闯荡又缺乏勇气，一直梦想着能开一家带书吧的咖啡馆。

我还遇到一个文艺青年，他做着一份薪水平平的工作，一旦停下工作就要为房租发愁。虽然他没有读过多少本文学作品，但真心热爱写作。他的理想是写一部很棒的小说，成为著名的作家，最好能将自己的小说变成电影。

我不知道他们会不会追逐自己的梦想，也许他们追逐梦想后会像王彩玲和汤姆一样遭遇失败，但理想的幻灭是文艺青年认识和发现自己的必经之路，也是追求理想的人理应面对的——因为选择而承担那失败的50%的可能性。

王彩玲和汤姆之所以会理想幻灭，除了面临现实压力外，还有一个重要原因恐怕是自身才华的局限性。有个广告公司的前辈对我说，他曾志大才疏，看不上行业里的牛人，觉得他们不过是运气好，自己以后一定比他们更牛，可是，随着时间的流逝，他发现那些牛人能做到的事他永远做不到。

我想，他说出了生活的真相，很多时候我们以为自己是棵参天大树，但实际上呢？自己也许只是一棵小草。

也许你一直在通往梦想的路上努力着，可是走着走着，某一天你忽然发现，你耗尽一生也到达不了那个终点。我们在追逐理想的过程中，认识到自己的才华是如此有限，有限到根本撑不起自己的梦想，梦想简直就是一生最大的奢望。那该怎么办？

我曾经和一个朋友为我们的另一个朋友要不要退了学去创业这件事而争得面红耳赤。他举了比尔·盖茨和乔布斯的例子，他们都从大学退了学。他说，如果乔布斯不理想主义，还会有后来的苹果吗？乔布斯还能成为乔布斯吗？记得当时我反驳道：可人家是乔布斯，而你只是张三，就像我会写作，他也会写作，但他叫曹雪芹……

现在想来，我和那个朋友的观点似乎都是对的。追逐理想是好的，理想幻灭也是好的，就像王彩玲和汤姆在追逐理想失败后会认识到自己"未必是这块料"，从而更加清楚地看清了自己，重新调整自己。

也许我们在追逐理想的过程中会认识到自己来自才华有限公司，我们的本事撑不起自己的理想；也许我们会认识到自己缺乏梦想成真所需的资源与坚持，在逐梦的过程中，我们败给了时间，败给了自己的惰性与懈怠；也许我们还会认识到自己完全不可能去拥抱理想……

但认识到这些不也是好的吗？人生不就是如此吗？如果你早早放弃理想，过一种更现实的生活，我想这也是好的，只是每一个人的选择不同罢了。

现实很多时候会阻碍我们实现梦想，但它并不妨碍我们拥有梦想，一个身处阴沟里的人，同样有仰望星空的权利。我们来自才华有限公司，但一样可以拥有无限大的梦想。

我们来自才华有限公司
每天上班下班打卡要准时
老板承诺年底加薪升职
有几个同事又离职

就是这家才华有限公司
维系了家的温饱事
坐在格子间敲打的手指
却感觉生命此刻像是静止

也许吧　想多啦
谁的理想不曾恢弘远大
现实啊　不复杂
说服你要低头别再犯傻

承认吧　是我傻

才配挥霍年华渺小的生啊

等青春　消失殆尽一切

才说如果当时的胡话

兑现多好啊

特别鸣谢才华有限公司

尽管要扮演着螺丝

丰功业绩留给伟大去证实

做一颗垫脚石也不太奢侈

……

也许吧　想多啦

看着人来人去嬉笑怒骂

现实啊　不复杂

最好扮演谁的锦上添花

承认吧　是我傻

才让感性牵着理性去挣扎

等明天　太阳又会落下

也许我们就已经忘啦

今天的胡话

——金玟岐的歌曲《才华有限公司》

_从来没有所谓的完美生活

从来就没有所谓的完美生活，他人展现的生活或者我们展现给别人的生活，很多时候是经过修饰的，相比将自己的痛苦展现给他人，我们更愿意晒幸福。

一、听说你过得不好，我也就开心了

我曾经在文章中说到，安慰他人的方法之一便是"共鸣比较法"，通常以"朋友，你不是独自一人"开头，然后声泪俱下地将自己悲惨的故事说给需要安慰的人听，并且一定要说比他更惨的事。比如他说失恋了，我就会说我从来没恋可失；他说遭窃了，我就会说窃贼来我家，在冰箱上贴一张"你真是个穷人"的字条走了……

这种方法似乎颇具安慰人的功效，许多人都在用，比如朋友向你倾诉他对目前工作的不满，觉得收入太低，你极可能会对他说："你的工作收入虽然不高，但稳定又比较轻松，你知道现在有多少大学毕业生找不到工作吗？"朋友向你抱怨他在大城市里买不起房，只能租房，你极可能会对他说："买不起房的又不是你一个人，有多少人在这个城市里还住着群租房呢，你现在一个人租住一个单间，该知足了。"

居委会里的一些社工也在用这种"安慰法"："你虽然出车祸伤了脚，现在走路样子难看，但你看看别人的状况比你更惨更糟，像张家的儿子、李家的女儿，都在车祸中断了腿，人家不是都还活得好好的吗？相比那些在车祸中丧命的，你真的算得上幸运啦！"

认真探究这些言论，你会发现其核心是：原来比我惨的人还大有人在的优越感和幸运的心理，但他们为什么之前不会有这种优越感和幸运的心理呢？为什么他们之前会对自己的现状感到不满，觉得自己不幸福呢？

原因在于比较。比如，一个人在上海月入五千，他对自己的收入不满意，大多数情况是因为他在比较，与身边月入八千或一万的朋友、同学、亲戚进行比较，或者跟网上公布的"上海白领平均月薪"进行比较，然后他就对自己的现状不满意了。

那些安慰人的话并未脱离比较的本质，只是换了一个比较的对象，让你从原本的"比上"变成了"比下"，不过，我们大多数人往往"比上不足，比下有余"，于是"比上"就产生了不满和不幸，"比下"就产生了优越感和幸福心理。"比较安慰法"只是让人跟比自己更差的人进行比较，从而让人感觉"我更好""我拥有更多""我更幸福"，从而获得心理上的满足。但我不禁怀疑，这样的安慰真的能帮到一个人吗？这样的安慰产生的效果是不是如肥皂泡，转瞬就会破灭呢？如果每一个人都要通过与比自己更差的人进行比较才能感觉到自己是满足的、幸福的，那是否意味着每一个人都有一个阴暗的逻辑：我的快乐是建立在别人的痛苦之上的？或者像网络上所说的，"把你的不开心说出来，让大家开心开心""听说你过得不好，我也就开心了""你若安好，便是晴天霹雳"，这些话语展现了因为比较造成的人际间的攻击和暴力。

我们可以由此看到整个社会的风气和价值观。我们的生活中充斥着比较，学生之间比分数的高低，大人们则比谁的房子更大，谁挣的钱更多，谁开的车了更好，甚至谁嫁得好谁娶得好也要比较，身材、样貌、消费账单样样都要拿出来比较。

这样做我们能获得快乐和幸福吗？答案一定是否定的。比较只会带来无穷的压力和困扰，甚至有人患上了严重的心理疾病。有个网友写信给我，说她因为以前常和单位里的同事比较谁更有钱，谁发展得更好，患上了强迫症，无法停止，心里总觉得同事在嘲笑自己不如他们，整个人焦虑抑郁，内心痛苦，甚至想过自杀，以此摆脱强迫症的折磨。

二、我们习惯于理想化他人的生活

有一位女友告诉我，她决定再也不刷微信朋友圈了，因为每次看完朋友圈就会心情抑郁，对自己和生活更加不满。这是因为她看到的不是朋友A晒出的美美的结婚照，就是同学B发出的欧洲七日游的旅行照，或者是同事C在看车展准备买车，还有很多人在晒买房了，恋爱了，涨工资了，有人送鲜花了，参加比赛获奖了，等等。对比之下，她觉得工作忙碌，单身多年又没有特别丰富生活的自己活得很失败很悲惨，对别人的生活更加羡慕嫉妒恨。

在Facebook上，一个很火的短片《我的鞋子》曾在微信公众号上疯狂转发。一个男孩穿着一条破烂的裤子以及一双开着大口露出全部脚趾的鞋子坐在公园的长椅上。他想象别人会如何嘲笑他，心情很苦闷，随后，他看到另一个也坐在椅子上的男孩，衣着干净整洁，还有一双崭新好看的球鞋。这下他更郁闷痛苦了，他从那个男孩身边走开，坐在树下，将破烂的鞋子脱下来套在手上开始和自己对话：

为什么我的鞋子是这样的？

我不知道。

这不公平。

是的，我知道，但我们什么都改变不了。

我不想像现在这样。

我也是。

我希望我能像他一样！

然后，这个男孩闭上眼睛开始用力祈祷：我想变成他！我想变成他！等他睁开眼睛，他坐在长椅上，衣着干净，穿上了崭新好看的球鞋。这时，一个大人推来轮椅，说抱歉让他久等了，不远处的树下，另外一个男孩正开心地欢呼和奔跑着。

显然，这个短片也是在用比较的方法告诫人们不要羡慕别人的生活。你虽然穿着破烂的鞋子，但你好歹还能自由奔跑，和那些双腿残疾的人比起来你幸福多了，但从这个短片里，我们还可以看到，理想化他人的生活是如何让我们自己不快乐的。

短片中穿破烂鞋子的男孩和前面提到的女网友一样都在羡慕别人的生活，因为他们没有看到那些被自己羡慕的人其实也有他们的痛苦和悲伤。我们看待别人的生活总是片面的，我们总在无意识地美化和理想化他人的生活，他人的生活在我们眼中是过滤掉痛苦和缺憾的，只呈现出完美幸福的一面。我们总在不自觉地将他人的生活修饰过之后与自己的生活进行对比，然后觉得自己活得更惨了。

我们将生活分裂成两部分，一部分是别人美好和幸福的生活，另一部分是自己痛苦和不幸的生活。这就像托尔斯泰在《战争与和平》中说的那句话："世界现在为了我而分为两半：一半是她，那里充满了欢乐、希望、光明；另一半就是没有她的世界，那里充斥着沮丧与黑暗。"

一直以来，我会收到一些读者和网友的来信。他们表达了对我的文章的喜爱之情，也表达了对我现在从事的自由职业的羡慕，他们羡慕我能做自己喜欢的事情，过自己理想的生活。前几天，我又收到一封类似的邮件，这位网友问我："怎样才能做到像您这样呢？"他还说："我向往的生活就是像您一样：写作、阅读、跑步、旅行和享受美食。"我把这封信念给家人听，他们说："这位读者把你理想化了，你的生活除了写作、阅读、跑步、旅行和享受美食这些美好的事情，还有其他不美好的东西他没有看到。"

我只好老实地告诉他："写作与跑步并不是非常开心的事情，我今天早上跑了三公里，又累又热，每天伏案写作也让我备感孤独，因为工作很忙，我有两年没有长途旅行了，每次只能短途旅行。我想你把我的生活理想化了，每个人的生活都有快乐，但一定也有痛苦。"

理想化他人会有一些好处，即获得一种精神鼓舞。美国心理学家朱瑟琳在《我和你》一书中说，"我们可能会指望别人来扩展我们的意识，我们也可能希望用某种方式拥有另一个人的完美，或者我们能够有意识地认同并试图变成像我们敬仰的某个人"，"一旦我们把他人理想化，我们自己也就通过与他们或者他们的某些象征之间的联系而获得鼓舞"。但理想化有一个更大的危险，那就是它让我们对自己更加不满，让我们看不到真实的他人与世界，而活在自制的幻觉中。

三、当你羡慕别人的同时，别人也在羡慕着你

我们渴望拥有更好的生活，这种"更好的生活"往往就是我们想象中的别人的生活。我们觉得别人的生活、别处的生活，会比自己此时此地的生活更好。漂在"北上广"的人们总是觉得大城市压力大，生活孤独，回到家乡生活会更幸福，那里空气质量好，生活压力小，亲朋好友可以彼此支持，而留在家乡待在小城市里的人们总是抱怨家

乡的落后，受困于环境的单一和乏味，渴望出去闯荡，憧憬着外面自由又美好的世界。

很多人认识不到，从来就没有所谓的完美生活，他人展现的生活或者我们展现给别人的生活，很多时候是经过修饰的，相比将自己的痛苦展现给他人，我们更愿意晒幸福，所以朋友圈里晒幸福的居多，不信你看看自己发到朋友圈里的是好消息多，还是坏消息多？当你羡慕别人的同时，别人也在羡慕你，就像短片中的那两个男孩，一个羡慕对方有漂亮的新鞋子，一个羡慕对方可以自由奔跑。

一个做高校学生心理咨询的朋友告诉我一件有趣的事情。一个班级里的两个学生A和B在不同的时段来找他做心理咨询。A羡慕B学习认真，成绩好，性格沉稳内敛，觉得自己贪玩不努力；B羡慕A活泼开朗，人际关系好，希望自己能像A一样快乐，他为自己严肃和内向的性格而苦恼，他们都不知道对方其实也在羡慕自己。

我有一个年纪轻轻的来访者，开着高档汽车在亲戚的公司上班，被单位的同事羡慕嫉妒恨，大家觉得她生活无忧无虑，又有背景。她为此很困扰，她说这些同事完全不知道她因为工作压力大而失眠，也不知道她从来没有谈过恋爱，正被父母逼着去相亲。

很多时候，别人的生活真的只是看上去很美，并不像我们想象得那般美好。那些秀恩爱的夫妻中有人正在为没有性生活而烦恼；那些晒旅行照的朋友中有人正在为找不到酒店而哭泣；那些发布买房消息的同事中有人正在为房贷和家人争吵……我们习惯于理想化他人的生活，但真相是我们每个人都是普通人，没有谁的生活过得特别容易，每个人都遭遇这样那样的困境和不如意。

想要获得真正的幸福，第一要务恐怕就是停止与他人进行比较。有比较就会产生优越感，但更多的是痛苦，你一比较，就容易失去当下的快乐与幸福。比较会让你陷入追逐的游戏中，像一只渴望刺激、无法停下来的小白鼠，永远不满足，想要更多。你的生活并不是要跟谁一决高下，要学会跳出比较的怪圈，学会诉诸内心，走自己的路，过自己的生活，把目光放在自己的身上而不是紧盯着别人的生活。

你也不必羡慕和理想化他人的生活。每一个人的生活都是"如人饮水，冷暖自知"，没有谁的生活是完美无缺的，只是人和人的选择不同，而每一种选择都要付出相应的代价。

看看自己想要的理想中的生活是什么样的，再好好审视这样的生活能否通过自己的努力实现。然后低头努力，让自己每一天的付出都更靠近理想一点点。过好自己的生活，珍惜和感恩是重要的，这也是幸福生活的秘诀。

与其理想化他人的生活，不如把自己的生活过成理想。与其羡慕别人有漂亮的鞋子，不如穿着自己的鞋子潇洒地奔跑。

_当你的能力撑不起奢华的生活时

> 我很清楚此刻的奢华享受是我凭自己的能力换来的，不是因为我在单位里的职务，不是因为我依靠了哪个有钱的男人，也不是因为我用信用卡预支未来，我是真的很安心地享受属于我自己的奢华生活。

我的一个远房亲戚是个大美女，20岁出头就嫁给了一个香港富商，从此过上了富太太的生活，住着豪宅，出门名车接送，隔三岔五上街购物，购物也必买名牌。这样的日子过久了也无聊，她就约其他的富太太一起打麻将，做SPA，可麻将天天打也会腻，SPA也不能天天做。不打麻将不做SPA的日子，她很希望丈夫能够多陪陪自己，可丈夫事业忙碌，经常出差飞来飞去，没有太多时间陪伴她，她便与丈夫吵架，吵完去逛街，狠狠地刷信用卡，让丈夫埋单，每个月她都消费十几万。有的时候，丈夫受不了她跟自己闹，会指着她的鼻子骂："你除了会吃喝玩乐，然后跟我吵架，你还能干什么？"

吵架次数多了，两个人的关系越来越疏远。她每次冲动购物之后，都会觉得内心空虚，同时又担心有一天丈夫会无法容忍自己的信用卡账单，和自己离婚或者厌倦自己，去外面找情人。

这时，她羡慕起有工作的朋友，尤其羡慕那些做着自己喜欢的工作，对工作很投入且充满激情的朋友。她开始经常向朋友抱怨自己空虚寂寞冷，于是朋友建议她找一份工作。她没有上过大学，结婚之前也没有参加过工作，只是和现在的丈夫谈了两年风花雪月加买名牌的恋爱。没有工作经验，没有专业技能的她如果要工作，只能找一份月入两三千的服装店营业员的工作，可她又觉得为了这点钱早出晚归辛苦打工很没意思，而且她自由惯了，要她朝九晚五努力工作也很难，她想想还是觉得不上班的日子过得舒服。

我想很多人都会有同样的选择。如果一个人每个月的消费要十几万，那要他辛苦一个月去赚几千块会很难，因为他会觉得这样的收入对于自己没有意义，他对自己的劳动成果也无法感到骄傲，这点收入根本就无法满足他的物质需要。于是，我这个美女亲戚继续过着大家眼中奢华的买买买的日子，但总有不安心、不踏实的感觉，一边提心吊胆伺候着老公，一边向闺密们吐槽日子无聊。

后来，我听说她费尽口舌说服丈夫，让其为自己投资开了一个小店，但由于她缺乏经营管理的经验，加上自己渐渐养成好逸恶劳、铺张浪费的习惯，最终小店还是关门大吉了。

　　如果一个人不用工作也不用为生计发愁，可他一个月消费动辄几万甚至十几万，那他很容易被这种轻松安逸、不劳而获的生活所腐蚀，生出浮躁虚荣的心性，很难再脚踏实地努力工作去辛苦赚钱，除非他有很坚定的意志或者有更高的追求和梦想。

　　这种生活最可怕的地方在于它会养大一个人的物欲，让他习惯过奢华的生活，然后不满足也不愿意靠自己的能力和努力挣一点辛苦钱。

　　当你的能力撑不起你的奢华的生活的时候，是非常危险的。

　　我以前在影视广告公司上过班，对这一点有非常深的体会。那时，我所在的公司会找一些二三线的影视明星拍电视广告，近水楼台先得月，我们作为公司的员工可以近距离地接触明星，觉得很兴奋。每次拍广告，公司还会采购一些服装，广告拍完，那些崭新的服装就送给我们这些女生。记得当时，我获得一件样式很好看要花好几百的连衣裙，我非常高兴，觉得自己的生活好极了，因为对当时月薪只有1500元的我来说，那条连衣裙实在是太奢华。我的内心希望能够享受到越来越多这样的公司福利，同时开始关注名牌，虽然那时候我买不起名牌，却对各种名牌服装、名牌包包如数家珍。

　　后来，我又跳槽到给房地产做影视广告的公司，服务的都是有钱的大客户。我每次出差见客户都飞来飞去，住五星级酒店，参加的一些品牌的发布会都特别高大上，客户请我们吃饭，也都是在很豪华的饭店。这些常常会让我自我感觉特别好，产生自己是"白富美"的幻觉，忘记了自己其实只是一个月薪不过四五千的小职员，自己享受的这些奢华生活都是因为公司这个平台，而不是因为我个人的能力。我开始隐隐担心自己离开这家公司后，还能不能过上这样奢华的生活，还会不会有这样美好的自我感觉。

当时，我所在的单位有些年轻女孩背LV（路易·威登）的包包上班，每次出门旅行都要去国外，这让我非常吃惊，因为我不知道她们的钱是哪里来的。后来我才明白，她们省吃俭用攒好几个月的薪水就为了买一个LV包包，每次出国旅行都花光自己的存款，还刷爆自己的信用卡，然后旅行回来慢慢还，还不掉就叫家人帮忙还。

一个广告业的前辈曾和我说起他以前的一个同事。一个年轻女孩刚大学毕业，进了做化妆品广告的公司，因为经常接触名牌服饰、化妆品，参加一些高大上的时尚活动，她开始追求奢侈品，买名牌包包，用高档化妆品。她赚的薪水不够，就想在客户里找一个有钱的男朋友，让对方为自己的奢华生活埋单。她找来找去，找了一个"富二代"，以为自己自此就可以过上锦衣玉食的生活，结果，遇人不淑，那个"富二代"和她谈恋爱一个月，骗她上床后，就和她提分手，分手后，还把他们俩拍的私密照片上传到网上。虽然都只是些两个人的接吻照片，但事情闹得沸沸扬扬，公司里尽人皆知，最后，这个女孩被迫以离职收场。在后来的单位，她开始对人说谎，说自己的父母是某公司老总，自己家里有几套房子、几辆名车，自己有个男朋友是外籍富商等。其实，她的父母都是特别普通的工人，家境也普普通通，一家人住在60平方米的老房子里，也没有什么外籍男友。

很多年轻人都觉得广告公司是很时尚、很奢华的，充满了各种高大上的东西，可以见到各路明星，参加光鲜的派对，免费获赠客户送的高级化妆品，出差住高级酒店……所以，很多家境普通的年轻女孩受到这些东西的诱惑，投身广告业或时尚业。其实，这个行业只是外表光鲜而已，内在跟其他行业是一样的，薪水不高，要获得高薪必须自己有经验有能力。如果你自己定力不够，看不清现实，还容易被这个行业光鲜的外表所俘虏，陷入奢华的陷阱，害自己一辈子。

我在心理咨询中也遇到过这样的女孩。有的女孩天生丽质，年轻的时候靠自己的出色外貌得到一些有钱男士的爱慕，对方送她最新款苹果手机、名牌手提包，还给她买车，像宠物一样圈养起她。这样的生活过了一两年，男人离开她后，她发现自己不仅物欲膨胀，生活水准降不下来，而且还没有了当初努力工作养活自己的踏实心态和能力，整个人活得非常浮躁、虚荣和焦虑，内心痛苦不堪。

还有的女孩，月入只有几千元，无意中接触了名牌，又喜欢与那些生活奢华的有钱人进行比较，看到别人买名牌，自己也跟风。并且越买越上瘾，难以控制，开始走上一条奢华生活的不归路。从衣服、包包到化妆品都要买名牌，还喜欢向他人炫耀自己充满名牌的生活。当她们无力负担这些名牌时，不是骗别人的钱，就是刷信用卡度日，或者利用职务之便贪赃枉法，或者挥霍父母的养老钱供养自己的虚荣和奢华的生活。

大部分人如果有经济条件，也喜欢享受奢华的生活。生活的形态有千万种，奢华的生活本身并没有错，但需要你凭借自己的能力去享受。当你的能力撑不起你的奢华生活的时候，你却还要过那样的生活就有错了。这说明你已经对奢华成瘾，沉沦在奢华带来的舒适美好的虚假幻觉中而无法认清现实，看不到真实的自己和真实的世界，这会让你和你的生活成为一个大问题，甚至因此陷入毁灭的境地。

开始从事自由职业后，我再也没有像以前待在广告公司时那样享受过五星级的酒店，坐免费的飞机，但我一点也不留恋。最近这几年，我只住过一次五星级酒店的海景房，可当我在酒店里喝着鸡尾酒，看着海边的落日时，我很清楚此刻的奢华享受是我凭自己的能力换来的，不是因为我在单位里的职务，不是因为我依靠了哪个有钱的男人，也不是因为我用信用卡预支未来，我是真的很安心地享受属于我自己的奢华生活。

当你的能力撑不起你的奢华生活的时候，请别再留恋那份不属于你的奢华，脚踏实地过好自己不奢华但真实的日子吧，它同样可以很美好！

_20—30岁，用10年时间投资你自己

> 30岁之后，努力投资自己的人开始蜕变，拥有了耀眼的头衔和高额收入的回报，而没有努力投资自己的人则可能原地踏步，或者越混越差，难以再跟上大部队。

2015年的股市有一段时间牛气冲天，身边很多年轻人开始炒股。我一个同学的丈夫原本是一家汽车4S店做汽车维修和保养的专业人士，看到别人炒股挣钱后，他向自己的亲戚、朋友借了40万用来炒股。刚开始，他赚了一些钱，他的妻子劝他见好就收，斩仓出局，他没有听，总想着再多赚一点，再多赚一点。后来，股市一下子狂跌几千点，他不仅之前赚的钱都亏掉，借来的钱也亏掉了20万，加上还有房贷和两个孩子要抚养，这对夫妻的生活陷入了困境，两个人的内心都焦虑不安。因为炒股这件事情，两个人经常争吵，原本和谐的夫妻关系也出现了裂痕。

一个朋友的同学是家世普通的小镇青年，从大学毕业后开始炒

股，他总想着靠炒股赚快钱，然后买车买房。他一心扑在炒股上，工作也不上心，一年换了好几份工作，一会儿做房地产，一会儿做保健品。家里催他谈恋爱，他总说"等我有钱了……"，几年过去了，他在股市里有赚钱、有亏钱，总体是不输不赢，来了个平局，但他20多岁的人生可是亏大了，因为沉迷于炒股，工作也没有用心做，他的工作能力和收入一直没有多大变化，而原来同他差不多的同事、朋友、同学在几年的时间里都累积经验升职涨薪了。

还有一个朋友的男友偷偷向银行贷款20万用来炒股，结果亏了，两个人也分手了。

类似的事情在我们的身边其实有很多，有的年轻人因为炒股而无心工作，有的年轻人因为炒股而家庭破碎，还有的年轻人因为炒股而跳楼自杀……当然，也有不少人因为炒股而赚到钱。虽然我不懂理财，也没有炒过股，但在我看来，一个家世普通的20多岁的年轻人最好不要去炒股票，因为炒股会耽误你人生最重要的事——发展你自己，创造你的自我价值。

你每天把时间花在看股市行情上，每天被行情的波动折腾得焦虑不安，无心工作，做着一夜暴富的美梦。你最大的损失真的不是钱，而是失去了发展自己的关键时机。

从20到30岁这10年里，你最应该投资的是你自己，要"理"的"财"是你自己的"身份资本"。

"身份资本"这个词来自临床心理学家Meg Jay在TED的演讲——"20岁一去不再来"。获得身份资本指的是去做增加你自身价值的事情，对你以后想成为什么样的人进行投资。

她说："一个人的一生中的80%的最重要的时刻发生在35岁。 这就意味着每10个决定你的生命会是什么样的经历与'原来如此'时刻中有8个发生在30岁中旬……我们知道，一份职业中的前10年对于你将会挣多少钱有非常大的影响。 我们知道，超过一半的美国人30岁之前就和终身伴侣结婚、同居或者约会。我们知道，大脑在你二十几岁时，可以适应成人期，达到第二次也是最后一次成长期的高峰。 这说明，无论你想改变你自己的什么， 现在就是改变它的时间。"

虽然一直以来我讨厌那种几岁该干什么事的说法，但我必须承认，我很认同Meg Jay的说法，因为我在心理咨询中有真实的体会。

在咨询中，我遇到一些非常迷茫的30岁左右的年轻人，他们有很多相似点：漂在大城市；干着一份自己讨厌又没有前景的工作；身边也没有多少可以谈心事的朋友；还没有结婚或者还没有恋爱对象；他们陷入严重的心理危机，要承受非常大的压力，这个压力有来自内部的，也有来自外部的，比如自己爱比较以及远方父母的唠叨与牵挂。

不要以为这样的状态离你很远，如果你20多岁时没有好好把握时间，把时间花在炒股上或者其他浪费自己时间的事情上，你到30岁时极有可能一事无成，内外交困，无力挣扎。

如果抛开家庭因素，同龄人在20岁到30岁这段时间，大家其实都差不多，刚开始都一样念大学，然后毕业之后找到一份工作，工资差距并不大，大家都在默默地为理想而奋斗、为目标而努力。必须承认，这10年是一个人非常艰难的10年，他除了有青春和奋斗的热情，一无所有，他要自食其力，要积累经验，要在这个竞争激烈的社会上找到自己的位置，要建立自己的社交网络，要付出很多，但回报却不多，但到30岁之后，努力投资自己的人开始蜕变，拥有了耀眼的头衔和高额收入的回报，而没有努力投资自己的人则可能原地踏步，或者越混越差，难以再跟上大部队。

虽然现在流行讲"任何时候都不晚"，但必须承认20—30岁是一个人的人生中具有决定性作用的10年，是你认识、培养和发展自己的关键期。如果在这10年里，你找到自己喜欢又擅长的事情，努力学习和工作，增强自身价值，积累经验，开阔眼界，还能找到一个好伴侣，多认识一些朋友，你的人生基本上不会过得太差。

那一个人如何投资自己呢？

一、努力工作，积累工作经验

你以何种态度对待工作，工作就会给你相应的回报。一个人刚参加工作的时候是努力一点，还是偷懒一点，干活是主动积极，还是被动消极，工作不忙时是看一些专业书，还是淘宝、炒股，几个月内看不出效果，但短则一两年，长则三五年，差别就出来了。当你的领导有重要任务要分配给下属时，他一定会分给更努力的那一个，因为他拥有更专业的技能、更靠谱的工作态度，升职加薪也会属于更努力的那一个。

你认真工作，用心对待手头的工作，累积专业能力和个人素养，你为工作所做的一切努力终会在关键时刻让你脱颖而出，并因此而受益匪浅。

二、花钱买体验，买学习，买结识志同道合朋友的机会

下班后，你的钱和时间是怎么花的？是约同事、朋友唱唱歌，吃吃饭，聊聊八卦，吐槽上司，还是把钱用在一些体验和学习上，或者其他提升自己的事情上？你会花钱参加一些沙龙活动、演讲活动吗？你下班之后会去上一些能提升自己技能的培训班吗？你会办一张健身卡，坚持锻炼，练出美丽迷人的马甲线吗？

一直以来，我对心理咨询非常感兴趣，平常会看很多心理学方面的书。我想从广告行业转到心理咨询，但挣扎了近两年，因为如果以心理咨询为职业，我不仅要上昂贵的培训班，考资格证，以后还要不停地学习，接受各种各样专业课程的训练，要投入非常多的金钱、时间和精力。我虽然喜欢心理学，但面对转行，我还是非常迟疑的。我的一个好朋友鼓励我："你既然喜欢就一定要去试试，你现在还年轻，不要害怕花钱，尤其是把钱投资在你自己身上，一定会有相应的

回报。"

听了他的话，我终于下决心报名了为期一年的国家心理咨询师培训班。因为是自己想学，又花了钱，我学得很努力，很有动力，每个周末都去上课，认真做笔记，看专业的书，参加实习……后来，我成了班里为数不多的拿到证书并且真正做了心理咨询师的学生。再后来，我花钱去做心理咨询师的个人体验，报读了在职的心理学研究生课程。

在学习的过程中，我不仅收获了专业知识，自己的心理健康也有了提升，还认识了很多对心理学有热情的同学、老师，有的同学成了我的好友，我们彼此陪伴和支持，共同成长。

一个人怎么花钱对他的生活有很大的影响，是把赚来的钱花在吃吃喝喝，买衣服、买包包、买零食上，还是花在投资自己、提升自我价值上，意义是不同的。当然，我不是说你不能把钱花在吃饭、买衣服上，因为那也是生活需要，我只是在强调花钱要有一个侧重点，钱花在体验上、学习上，花在认识更多有趣的人身上是更值得的，它会给你带来更深远的影响，你将会遇到更多成长为更好自己的机会。

三、时间本身也是一种投资，把时间花在自己身上

我上大学的时候因为穷，总是打各种各样不需要技能的零工，一挣不来多少钱，二浪费了投资自己的时间。毕业后，有的同学因为在大公司实习过而轻松地找到了一份起薪比较高的好工作，而我由于缺乏专业知识和实践，只能找一份薪水很低的工作，拿着低薪熬了一

年，所以，我不建议上大学的年轻人打太多零工，而应该把时间用在专业学习上，或者早早找一些与自己专业匹配或者自己喜欢的企业去实习，这也是对自己的投资。实习可以非常直观地让你了解一份职业需要的技能和素质，可以训练你如何与人合作，如何处理人际关系，也可以让你毕业后更好地融入社会。

参加工作的人怎么把时间投资在自己身上呢？下班后，看一些专业和非专业的书，把时间花在自己的兴趣爱好上，自学某样技能等都算是对自己的时间投资。我自己以及认识的很多写作者，都是在下班后练习写作，在网络上发文章。这样坚持几年，很多人不仅提高了自己写作的能力，还顺利出了书，由此进入一个新的领域，开始有人邀请他们去演讲，为自己开辟了人生的第二职业。

我一个同事的朋友，在27岁时辞职，之后一年她既没有出门旅游，也没有谈恋爱，而是专心完成了两件大事：一是将自己的英语听说能力练到可以和老外自由对话的程度；二是学习琵琶，将琵琶弹奏得"嘈嘈切切错杂弹，大珠小珠落玉盘"。

很多朋友听了她的故事都对她佩服不已，因为能像她一样坚持在一年的时间里做好这两件事的人太少了。她没有花多少钱学英语和乐器，但把时间投资在自己身上，这是一种非常正确的投资。英语口语好，对以后工作、生活、出国旅行都有非常大的用处。会一门自己喜欢的乐器，那更是终身受益，你以后遇到需要展示才艺的场合就会自信满满，更重要的是当你心情好或是不好时，都可以用音乐来表达自己的情感，陶冶心灵。

四、花一些时间在恋爱上，也是20多岁时非常重要的事情

如果你不是一个不婚主义者，大学毕业后，通过和某人认识、相互了解，创建一个家庭是你需要认真对待的事情。不要埋头工作而忽略了谈恋爱，也不要把恋爱当儿戏，分手就像吃饭那样频繁随意，更不要在不好的恋爱关系中浪费时间，消耗你自己。

Meg Jay 说："在婚事上下功夫的最好时间就是结婚之前，意思就是对待爱情就要像对待工作一样有意识。选择家庭就是有意识地选择你想要的人和事，而不是为了结婚或者消磨时光，任意选择一个正好选择你的人。"

她对二十几岁的人提出了自己的建议："30岁不再是新的20岁，所以把握好你的成年时期，积累一些身份资本，利用你的微弱联系，并且选择好你的家庭，别被你不知道的事或者没做的事定义。现在，你就在决定你的生命。"

获得自己的身份资本，拥有朋友的支持，享受美好的家庭生活，这些谁都想要，但这意味着一次次尝试，一次次地跳出自己的舒适圈才能得到。

20多岁时的时间过得很快，时间的属性是一去不复返的。我们每一天不会比昨天的自己更年轻，不管你愿不愿意，你都需要向前走。

最近，好多人都在朋友圈分享何炅说的一段话："要得到你必须要付出，要付出你还要学会坚持；如果你真的觉得很难，那你就放弃，但你放弃了就不要抱怨。我觉得人生就是这样，世界是平衡的，每个人都是通过自己的努力，去决定自己生活的样子。"我们20—30岁的阶段是成人发展的关键时期，这是一个你的每日生活都会对你的未来产生巨大影响的时间段。不要错过在这个时段付出和坚持，一个人越努力越幸运。青春的意义就在于你能够跳出舒适圈，为自己想要的生活努力，你终将通过自己的努力定义你的人生。

_耐心才是最强大的武器

耐心，就是愿意把时间投入到简单、枯燥而又力量非凡的重复中去；耐心，就是能够克服做重复单调的事情时所产生的负面情绪，并在做事时持续保持平静从容的心态。

我是个很爱记笔记的人，每次出门都会随身带一个小本子，想到什么就会拿出纸笔记下来。我很多文章的主题和段落最初都是坐地铁或者走路的时候想到的，它们最初常常只是三言两语，然后才变成一篇文章，再由一篇篇文章变成一本书。我的笔记本除了记录一些自己灵感乍现之际冒出来的句子，偶尔会记录些看书和看电影时打动自己的部分，还会有明天或者未来一周要做的事情的安排和计划，以及一天的时间开销。我始终觉得这个做笔记的习惯让我受益匪浅，帮助我做了非常多的事情，身边一些朋友和网友还会觉得我的记忆力很强。因此，我一直对自己记笔记的习惯很是得意，直到前几天发生了一件小事。

事情是这样的。前几天我在家收拾自己床头的橱柜，发现了好几本笔记，每一本都记满了英语单词、短语还有语法知识，笔记记录得整洁又认真……如果记笔记真的能够帮助到我，为什么我记了这么多英语学习笔记，可我的英语还是学不好？听力不行，口语也不行，阅读一本外国小说原著都困难重重。我梳理了一遍自己过去学习英语的历程和方法。这么多年来，我断断续续地学习英语，有的时候热情上来了就背几天单词，听几段听力，等一忙其他事情，就忘记了学习英语。那些做过的学习计划，使用的学习材料，单词手册、教材、美剧、经典电影、广播、国际新闻……还有使用过的一些学习软件，不计其数，我已无力罗列。

我一边思考如何更好地提高英语能力，一边梳理自己过去学习英语的失败历程，为什么我始终学不好英语？我得出一个于我而言非常重要的答案：我在英语学习上缺乏耐心！我只是一个劲地做笔记，但从来都不看，我听各种各样的听力材料，但从来不会重复听一个材料三遍以上……

我认识两个学过乐器的朋友，一个弹钢琴，一个拉小提琴，他们都曾告诉我，为了弹好或者拉好一个小节，他们往往要重复几十遍，然后还要自我欣赏十几遍，才能拿出手展示给他人。相信其他学习过乐器的人一定也深有体会，最初练习指法的时候更是单调乏味。那些学素描的人也有同样的体会，最初就是画横着竖着的线条，重复又重复，然后再开始画正方体、长方体、球体，重复画很多之后再开始画其他的。学习英语也是如此。

其实，只要认真一想，我们就会发现，学习的过程大多是简单而又枯燥的重复，但这些重复并不是毫无意义的，恰恰相反，这些重复意义非凡，会促使量变到质变的转变。"水滴石穿"这个成语可以这么理解：每一滴水其实都在重复前面一滴水的行为，但无数次重复之后，石头也会被击穿，这就是重复的非凡力量。论语中"温故而知新，可以为师矣"，其实讲的是学习的窍门：温故（重复），这种重复所具有的力量——知新，拥有了它，可以为师。我们学习的过程与牛"反刍"的过程是一样的，需要不停地重复，对于知识的理解和记忆才会深入。我没有学好英语就是因为"反刍"的工作没有做好，而"反刍"需要耐心。

学习上想要进步非得重复，非得有耐心不可。生活也是如此，想让生活真正有所改变更需要耐心——那种一日又一日看似乏味但又有意义的日常重复。

我想起了堺雅人主演的一部电影《盗钥匙的方法》。影片中，小剧场演员樱井武史是个三十好几的宅男，工作不稳定，生活穷困潦倒，情场也失意，甚至连自杀都不成功。有一次，他在大众浴室洗澡时，无意中用一枚香皂将某个陌生男子滑倒，男子倒地晕厥，樱井鬼迷心窍地跟对方交换了储物柜的钥匙。这名男子叫近藤，是一名非常厉害的杀手，可是经过这一摔，他失去了记忆，他拿着樱井储物柜的钥匙，以为自己就是走投无路的演员樱井。

电影有趣的地方是，近藤虽然失忆了，但记笔记的习惯还保留着，他平时总爱拿着本子写写画画，记录下与自己有关的事情，并且写下今后该做的事。他觉得自己既然是演员就要努力学习怎么当一个演员，所以潜心钻研表演，经常记下有关演技的知识。

他收拾房子，学习新知识，继续话剧表演的同时做兼职，还和另一个也爱记笔记的女生早苗开始试着恋爱，他将自己的生活过得越来越好，而和近藤交换人生的那个真正的樱井住进了近藤的豪宅里，房子被他弄得又乱又脏，钱也被大手大脚地花掉……

以前我看这部电影，会认为这是"笔记达人的胜利"，最近我有了新的领悟——耐心的胜利。无论是近藤还是早苗，他们的笔记都做得条理清晰，干净利落，而且还经常翻看。他们做什么事情都保持着一份耐性，日子一久，质变就出来了。反观樱井，他总是做什么事情都缺乏耐性，一本书看了几页就放下，房间永远乱糟糟，他就算换了一个身份生活，一样也不能将自己的生活过好。

耐心，就是愿意把时间投入到简单、枯燥而又力量非凡的重复中去；耐心，就是能够克服做重复单调的事情时所产生的负面情绪，并在做事时持续保持平静从容的心态。

还记得《肖申克的救赎》中银行家安迪挖隧道的行为吗？他每天做的事就是用一个很小的锤子挖一点砖土藏在裤管里，然后等到放风的时候走出去抖落它们，带着淡定、自然和从容的微笑。假如他在做这件事情的时候，想的是：老子到底要挖到什么时候？！估计他早就被人发现了。正因为有强大的内心信念和无比的耐心，挖隧道这一行为他重复了20年，然后他成功越狱，重获自由。

我决定这一次要更有耐心地学习英语，也要对生活保持更多的耐心，学习不惧重复的生活艺术。耐心是最有力量的武器，保持耐心，意味着你能拥抱未来无数的可能性，只是需要你用耐心来等候，因为一切的成长和改变都需要时间。

_延迟满足，hold住痛苦

罗永浩有篇文章讲自己是如何靠励志书坚持学英语的往事，其中提到一句话："不怕苦，吃苦半辈子；怕吃苦，吃苦一辈子。"这句话简单直白，却道出了一个应对人生痛苦的重要策略：不怕吃苦，敢先吃苦。

如果你现在还是一名小学生，放暑假时要做暑假作业，你会怎么安排自己的假期呢？是早早做完暑假作业，然后在剩下的日子里玩个痛快，还是先开心地玩，拖到假期要结束的前两天才心急火燎地赶完作业，或者做一个暑期计划，然后按照计划认真执行？

回顾一下你自己的工作习惯和做事方式，看看你每天是如何安排工作的。你上班的头两个小时是做容易和自己喜欢做的事情，还是做困难和自己不喜欢的事情？你是先解决麻烦事，还是把麻烦事拖到快下班时再解决？

也许通过回答以上这两个问题，你可以从侧面了解自己延迟满足感的能力。

我在心理学博士王学富的《成为你自己》一书中看到美国著名导演斯皮尔伯格幼年时期的一段奇特经历。

斯皮尔伯格是个孤儿，被送到一个孤儿院。这个孤儿院有一个规定：这里的每个孩子每天都要受到一次体罚，这没有选择，但可以选择什么时候挨打——早晨起床之后、中午或晚上睡觉之前。所有的孩子都选择把挨打的时间尽量往后拖，最后拖到晚上睡觉之前，只有一个孩子选择在早晨起床后挨打，这个人就是斯皮尔伯格。斯皮尔伯格的想法是，反正这顿打是免不了的，那么晚挨打不如早挨打，早晨挨过打，就不用担心了，他就可以轻松度过一天中的剩余时光，而那些一直把挨打的时间往后拖的孩子，从早晨起床就在担心，一天没有过好，到了晚上，这顿打还是躲不过去。

我们从这个小故事中可以看出斯皮尔伯格选择的行为模式和人生态度是：先吃苦，后享乐。我猜测这种生活态度对他现在所取得的成就有着举足轻重的影响。

罗永浩有篇文章讲自己是如何靠励志书坚持学英语的往事，其中提到一句话："不怕苦，吃苦半辈子；怕吃苦，吃苦一辈子。"这句话简单直白，却道出了一个应对人生痛苦的重要策略：不怕吃苦，敢先吃苦。

M.斯科特·派克在《少有人走的路》一书中写道: "推迟满足感, 意味着不贪图暂时的安逸, 重新设置人生快乐与痛苦的次序: 首先, 面对痛苦并感受痛苦; 然后, 解决问题并享受更大的快乐。这是唯一可行的生活方式。"

为什么说这是唯一可行的生活方式呢? 因为如果不这么做, 你极有可能会将自己的生活弄得一团糟。

我在心理咨询中遇到不少这样的来访者。小凯是一名土木工程专业研究生三年级的男生, 他正在准备硕士论文, 但写论文让他感觉很痛苦, 他需要看很多的参考文献, 绘制建筑图, 并且要找导师沟通, 写开题报告, 撰写文章……他无法hold住这些痛苦, 每次他坐到电脑前着手写论文时, 总想着先玩一会儿, 看几集最近更新的美剧, 打几轮网络游戏, 等到玩累了, 看到旁边的床, 他有一股想躺过去的冲动, 于是他躺下就睡着了。这样过了一天又一天, 眼看着论文的截止日期越来越近, 而他的论文还没有开头, 他焦虑不堪。为了能够尽快解决问题, 他在网上找了一个枪手帮自己写论文, 结果他付了三千块后, 人家却失踪了, 最后, 他不仅被骗走了三千块, 还因无法按时完成论文, 被校方延期毕业一年。

艾米是一名外企白领, 月薪八千, 但总是欠着高额的信用卡卡债, 每个月的发薪日, 她还了信用卡卡债后, 就只剩下两千的伙食费了。如果她能够做到延迟满足感, 除了正常吃饭, 不再有其他享乐,她的生活完全没有问题，但她的人生态度是：先享乐，后吃苦。她看到新款的包包，买；看到新上市的化妆品，买；看到漂亮的帽子，买；看到同事换了新手机，自己也赶紧换一个……她的发薪日是每月5号，可是从15号开始，她便要借钱度日。因为做不到延迟满足感，hold不住痛苦，她的信用卡卡债越积越多，最后背负上近十万元的债务。

现在，很多人讲自己有拖延症，但拖延症的成因很复杂，比如过分追求完美，害怕失败，童年曾遭受父母严苛的要求等。很多人患拖延症还有一个重要的原因：逃避痛苦，无法做到延迟满足感。那我们何时开始具备直面痛苦、忍耐痛苦的能力呢？

心理学中有个关于延迟满足感的经典实验——棉花糖实验，这是斯坦福大学心理学博士华特·米谢尔在1966年到20世纪70年代早期给斯坦福大学附近的3—5岁的小孩做的一个跟踪研究。

在这个实验中，实验人员在一个单独的房间里，给小孩一块棉花糖（有时是棉花糖，有时是曲奇饼、巧克力等），并且告诉他，如果他等15分钟再吃，实验人员回来后就会给他第二块棉花糖，然后让小孩一个人在房间里待着。

这些实验的录像非常有趣。在短暂的等待的时间里，孩子们的表现千奇百怪，有的用手盖住眼睛，转过身，故意不看桌上的盘子；有的不安地踢桌子或拉扯自己的小辫子；还有的掀起自己的衣服，盖住眼睛。一个留着小分头的男孩，小心翼翼地扫视了周围一眼，确定没有人看他后，伸手从盘子里拿出一块奥利奥饼干，掰开后舔掉中间的白色奶油，然后再把饼干合起来，放回盘子里，脸上露出得意的笑容。

十几年后，研究者发现能为偏爱的奖励坚持忍耐更长时间的小孩通常具有更好的人生表现，如更好的SAT（美国大学入学测验）成绩、教育成就、身体质量指数以及其他指标。等待时间越长的小孩长大后在处理挫折、专注、表达、逻辑和计划等方面的能力越高。

2011年，康奈尔大学的B.J.凯西对59名最早的实验对象进行了功能磁共振成像研究，这些人现在已经40多岁了。结果显示，那些愿意为了在之后获得更多的回报而推迟眼前享受的实验对象，他们的大脑前额叶皮质有着更高的活动水平。

多年来，心理学家一直认为智力是预测人生成败的最重要的因素，但米谢尔认为，智力其实受制于自我控制力，他说："我们无法控制这个世界，但我们可以控制自己如何去看待这个世界。"

懂得延迟满足感，你便更容易获得成功，反之，你人生失败的可能性会更大。

一个孩子坐在椅子上盯着眼前的棉花糖，抵御诱惑，等待15分钟的痛苦一点不亚于一个成人为了瘦身在跑步机上挥汗一个小时感受到的痛苦。

那为什么有的孩子为了多得到一块糖，能够承受住等待15分钟的痛苦？为什么有的成人为了保持身材能够承受住跑步一小时的痛苦？

表面看来是他们承受痛苦的能力比别人强，更深层的原因是他们内在hold住痛苦的空间比较大。如果我们每一个人的内在都有一个装着痛苦的玻璃容器，有的人可以装1升的痛苦，有的人则可以装2升的痛苦，那么装2升的人便更能hold住痛苦。"hold住痛苦"是什么意思？它是指"承受住、容纳住、控制住"痛苦。如果你只有1升的装痛苦的容器，来个1.5升的痛苦，你就hold不住。比如，有的人会说，相爱多年的女朋友跟我分手了，我失恋了，很痛苦，我没办法承受，意思就是我没法hold住我的痛苦。

棉花糖实验让我们看到自制力对于取得人生成就，拥有幸福生活的重要性，同时也让我们看到：我们很小就有承受痛苦的能力了。

刚出生不久的婴儿没办法忍受饥饿，他一旦有了需求就会号啕大哭，他需要即刻得到满足，希望妈妈的奶头立即塞入自己的嘴里。随着他的成长，比如到了三岁的时候，他学会了等待，懂得为得到想要的东西耐心等待，学会了延迟满足。当然，这与父母的人格结构、家庭教养方式有密切的关系。

如果父母在孩子的成长过程中愿意耐心陪伴孩子、指导孩子、鼓励孩子，当孩子遇到挫折和痛苦时，父母愿意和他一起面对，一道经受痛苦和折磨，就会给孩子一种感觉：痛苦其实也没有那么可怕，孩子长大后就不会那么害怕困难，不会那么喜欢逃避痛苦，也能够领悟痛苦的内涵和真谛——为了成长为更好的自己。

我们没法回到童年，让父母再养我们一遍，但我们可以在日常生活中尝试扩大内在hold住痛苦的容器的容积，比如，尽力做到凡事能早做就早做，不拖到最后一刻，尝试着麻烦事先做、轻松事后做。当痛苦的感觉来袭，和这种感觉待在一起，仔细体会自己的感受，不逃避、不隔离，慢慢让自己去承受这些痛苦，让自己在痛苦的大海里练习游泳。

我们的人性有一种本能，就是趋利避害，我们逃避痛苦，拈轻怕重，懒惰，容易放弃，难以坚持，没有毅力，容易被诱惑……但我们仍然有选择的权利，有的人选择逃避痛苦，有的人选择直面痛苦。直面痛苦，克服享受眼前快乐的冲动是反人性的，但也是超越人性的，因为超越人性，我们才得以成长。

生活是艰难的，人生苦难重重，这是事实，但我们依然能够过好生活，只要我们愿意将自己的心灵容器变大，一起hold住痛苦！

_成功女人从来不会自我设限

我们能发展大脑学习和解决问题的能力，如果你现在做得不好，失败了，不是你不够聪明无法解决问题，只是你"还没"想到解决的办法。

在一次朋友聚会上，我认识一个女朋友，我们两个人聊到厨艺。她告诉我她很喜欢吃鲈鱼，但不会做，我告诉她做鲈鱼一点都不难，最简单的做法就是清蒸，接着我分享了自己的做法。她听了一半忽然说："我是西北人，从小吃鱼少，清蒸的也不会做。"我笑着说："那可以学呀！"她回应："我学不会，而且我是西北人嘛，天生缺少做鱼的细胞。"

在后来的聊天中，我发现这个女生有很多类似"我是西北人，我学不会做鱼"的信念。她向我抱怨男朋友不带她出门旅行，我说很多女生会独自旅行，她就说："一个女孩不应该自己去旅行，多危险哪。"她羡慕单位某个女同事除了上班，还自己开了一个小公司，收入颇丰，我还没来得及回应，她已经自己总结道："一个女人这么折腾干吗？赚钱的事情，男人做就好了。"

这时，我忽然明白，这位女性有很多"作为一个女人应该如何"的观念，在认知上，她有诸多的"应该"倾向，会给自己贴上许多标签，这是自我设限的表现，阻碍了她去尝试和学习许多新鲜事物，也让她的人生少了很多体验的乐趣。当然，她本人并没有意识到，也不认同这一点。

在生活中，我看到有太多这样自我设限的女性。有的女生上学时说，我是女生，数理化学不好；有的女生大学毕业找工作时说，我表达能力差，做不了销售；等到谈恋爱时，她们又说，作为一个女生要矜持，不能主动约男生；后来结婚生子，她们又说，我体力不如从前了，再也没有自由了……

如果要把女性分为两类，我会这样划分：一类是自我设限的，一类则是打破自我限制的，我身边有许多优秀的女性，她们往往属于后者。有位女老师原来是女子监狱的狱警，50多岁才开始学习心理学，成为心理咨询师，给犯人做心理咨询。后来，她又学习催眠，成了有名的催眠师。她用自己的成长以及专业知识改善了与丈夫和儿子的关系，在她60多岁时，同龄人早都退休了，她还能靠讲课、培训、做心理咨询挣不少钱，更重要的是她拥有一个幸福的家庭和充实又有意义的老年生活。

有一位做社会工作的前辈，她大学学的是历史专业，后来读研究生时她把专业换成社会学，50岁时她又去香港的大学学习女性主义。与她交谈，你会发现她丰富的学识以及不同的学科背景带给她多元又独特的视角，她总有很多有趣的想法和观点，令人惊叹，引人深思。

还有一位一直在高校任职的女老师，60岁时开始创业，开了一家咨询公司，无数的后辈对其佩服不已。

著名舞者仓永美沙，出生于日本，从小练习芭蕾舞，由于身材比较娇小，一直不被重视，但她从未放弃，反而更加努力地练习，敢于突破对芭蕾舞者的既定限制，直到终于达成自己的梦想，成为首位登上波士顿芭蕾舞团领舞席的亚洲舞者。

这些女性敢于抛弃自我预设，突破有形无形、外在内在的束缚和限制，大胆向前去追求自己想要的生活。她们让我看到女性其实可以通过自己的努力，改变自己的人生；让我相信女性的命运应该掌握在自己手中，而非由先天的DNA决定；女性可以不受他人眼光的限制，坚持并勇敢地追求理想，改写自身的命运。她们是我学习的榜样，无形中激励着我，让我去迎接更多的挑战，定义更好的自己。

回顾我自己近30年的成长历程，其实是个持续不断突破许多外界给我的限制和规则，并与我自己的"自我设限"做斗争的过程（这个过程现在还在继续）。上高中时，有不少人对我说，女孩学不好化学，可我发现我对化学很感兴趣，而且我心中有一个疑问：如果女孩学不好化学，为什么我们的化学老师是女的呢？这激励我努力学习，化学成绩一直名列班级前茅。文理分科时，我选择读文科，化学和地理老师还劝我慎重考虑，希望我改变选择。

我大专学的是会展策划和管理，自考本科时我想选择广告学，可很多人对我说："你可以选择工商管理这个专业，因为专业差异不会太大，通过考试和找工作都比较容易。"但我没有，还是学了广告。因为我对广告感兴趣，所以学起来努力又快乐。毕业之际，我不仅拿到了大专文凭，还拿到了广告学的学士学位。这再一次让我看到，别人怎么说不重要，重要的是自己想要什么以及付出努力。也许因为我从小就喜欢写作，再加上在广告公司做策划文案的积累，我开始在豆瓣上写日记，后来出书，成为自由撰稿人，然后又去学习心理咨询……我现在做着自己喜欢的事，过着想要的生活。

前段时间，我看了心理学家卡罗·德威克做的TED演讲，演讲的主题是成长型思维——"还没"的力量。我们能发展大脑学习和解决问题的能力，如果你现在做得不好，失败了，不是你不够聪明无法解决问题，只是你"还没"想到解决的办法。演讲中展现了大量实验结果，许多成绩不好的孩子通过学习成长型思维不仅获得了巨大的进步，还收获了满满的信心与意志力。

我喜欢这样的思维方式。不是我们不能成功，只是我们还不够努力。当我们懂得欣赏自己的努力和坚持，能够培养出自己更强大的意志力和生命力时，便更容易取得成功。

我们必须承认，作为一个人，都有人之为人的无助、脆弱与局限性，但自我设限就像给自己挖了一个很大的陷阱，你还没有努力往前走，就已经掉进坑里了。很多女性总是在想，"我一个人不能过得快乐"，"我这么大年纪了，没办法再读个学位了"，"我性格内向，就是处理不好人际关系"，"我是个女的，赚不到同男人一样多的钱"，"我离过婚，没有男人会再爱上我了"……这样自我设限当然会带给你好处，可以防止你因自身能力不足带来的挫败感，可以暂时让你感觉良好，维护一部分自我价值感，但更多的是对你的伤害。它会让你找借口变得懒惰，放弃努力，放弃坚持，每天都在扼杀自己的潜力和欲望，让你失去原本可以拥有的成功的机会，让你还没有好好活过，却像已经步入坟墓的人一样丧失希望与活力。

女性成长的过程是不断被教育、被规划，不断接受外界赋予标准的过程，家长、老师、时尚杂志、传媒资讯、社会习俗等会给你列出各种女人应该怎么做的标准。除此之外，很多女性也会自我设限。从语言和思维上自我设限和暗示，会让一个人的世界越来越狭窄。

如果你是一名女性，希望你能学会独立思考，敢于去挑战那些标准和条条框框，去认清什么才是自己真正想要的，能够为自己做主，改写自己的命运，同时，懂得突破自我限制，对生命说yes，生命才会回报你更多的可能与精彩。

_活在自己的价值坐标里

> 强大的女性应该团结在一起，让多数人知道什么时候我
> 们都能活得很精彩，生命的丰饶更可以跨越时间。真正
> 活出自己的女人，灵魂绝不会被他人绑架，更不怕被任
> 何扭曲的思想遗弃。

某一天，我在网上闲逛，看到一则新闻点名批评朴槿惠"完全没
嫁过人，没生过孩子的朴槿惠根本不知道也不能理解那些幸福的人的
高尚世界……但大家都没有对这个古怪的老处女抱有期待"。虽然这
是时事政治，但底下的留言很有意思，反映了很多人对于女性婚恋的
态度。一部分人挺朴槿惠，觉得"人家嫁不嫁人、生不生孩子关他们
屁事"，"这也太无聊了"；另外一部分人似乎很赞同新闻的观点，
觉得"说得有些道理，一个正常的女人如果一生都没有结婚生子，的
确是不完整的人生，也会对人的心理产生不好的影响，让这样一个女
人来治理一个国家恐怕会产生负面作用"；还有一部分人认可这种价
值判断，"找个人嫁了吧，再生个孩子，气死那些个乱嚼舌根的"。

　　我和身边的一些朋友谈起此事，大家似乎也分为两个派别：一派说，"虽然是总统，可是没结婚，还是很失败很可怜哪"；另一派则说，"结不结婚跟能不能当一个好总统没有半毛钱关系"。

　　为什么一个不结婚不生孩子的女人，我们就认定她的人生是不幸的、失败的、可怜的，甚至因此而质疑她的执政能力？换作男人，我们却没有这种质疑。好像一个女人若不能为男人所用，不认同女性是男性的附庸并按照这个价值观而活，那她原来的魅力就大打折扣，就像名画上的油彩斑驳脱落，剩下苍白的底色。

　　我想起一个离婚的女性。她与自己的前夫原是大学同学，大学毕业没多久就结婚了。进入职场后，两个人的成长速度渐渐变得不一致，我这个朋友是奋斗型的女性，工作努力，做事积极，没几年她就成了一家大公司的经理，而她的丈夫还在一个小单位混日子。因为步调不一致，两个人越来越没有共同话题，她主动提出了离婚。她工作收入丰厚，有房有车，自己的母亲年纪也不是很大，身体硬朗，可以帮她带孩子，她将自己和孩子的生活都打理得很好，生活过得很幸福，但单位里的男同事、女同事以及身边的一些朋友却老质疑她，总觉得她的快乐和自信都是装的，"一个离婚的女人，又带着一个孩子，怎么可能会这么幸福"，"你不要这样逞强，我可以帮你介绍男朋友，但你要求不要太高"。甚至还有人这样认为："她真能装，说不定她背地里天天以泪洗面，每天晚上都孤枕难眠呢！"

为什么她身边的这些同事和朋友会这样认为？只因为在他们的价值观里，一个女人若没有男人则活得很惨，女人必须有个男人才能过得好，一个离婚的女人能活得这么快活潇洒是他们无法理解的。

我曾建议这位女性，要么多找一些与自己价值观相近的人做朋友，要么强大自己的内心，活在自己的价值体系里，不要向他人证明什么，也不去在意别人怎么看待自己，过好自己的日子，如人饮水，冷暖自知，自己活得好才是真的好。

这几年来，我看到人们虽然不再讲什么"女子无才便是德"，女人要遵守"三从四德"等腐朽的价值观了，每当我提起男女平等的话题，也有很多人跑来告诉我现在男女已经很平等了，但实际上社会宣扬的价值观本质上并未改变，还是强调女人将自己对于男性的依附作为其存在的最高人生价值，对女性的价值判断标准依然在于是否做男人的情人、妻子或者母亲。这一男女不平等的价值观常常变着花样给女性洗脑，有时显得极其隐蔽，极其温柔和励志，让人防不胜防。

我看到网上无数鼓励中国女性努力奋斗，实现经济独立，不断提升自己，让自己的身体和精神都美好的文章常常都传达这样的主旨："我这么努力，是为了找到一个娶我的男人"，"我这么努力，是为了在更高的层次遇见你"，"我这么努力，是为了让你看到我的价值"，"我这么努力，是为了让你不会离开我"，"我这么努力，是为了让你知道我比其他人更好"……

前几天，我在朋友圈看到一篇文章，鼓励女人要自强不息，但文章是这样写的："当你有一天容颜老去变成黄脸婆的时候，他怀里搂着的会是谁呢？当你有一天跟社会脱节，两个人在一起没有共同话题的时候，他会找谁来倾诉呢？这样的一天天如果越来越多的时候，你还会认为女人不需要奋斗吗？"

2014年年底热播的电视剧《武媚娘传奇》，在七十几集的时候，武则天抱着病弱的老公唐高宗李治表白自己参政的原因，她说："若是我只甘心做一个以色侍人的宠妃或者是太子的母亲，我跟陛下之间，也许，终有色衰情尽的那一日，说不定哪一天就会被年轻貌美的女子取代在陛下心中的位置……所以，我不仅要做你的皇后、你的知己，还要为你出谋划策，跟你并肩作战，要成为你手中那把最锋利的剑，让你这一辈子都舍不得放下我。"

还有中国的男作家们也在给女人们洗脑。周国平在微博上说："女子才华出众，成就非凡，我更欣赏，但一个女人才华再高，成就再大，倘若她不肯或不会做一个温柔的情人，体贴的妻子，慈爱的母亲，她给我的美感就要大打折扣。"石康一到美国就看不上中国姑娘，他说："当我在零下十几度的寒风中蹲在车顶上，忽然对面拿着说明书使劲看的姑娘说懂得了如何使用捆绑装置，那一刻她真是可爱得离谱儿，比在灯影下的床上看到的那个小骚狐狸真是动人好几倍，当我对某事想不出办法，而对面的姑娘说'我能'的时候，我是真切地感到无法离开她，无论她长成什么样子我都觉得美。"这些都是包装精美的男权思想，女人你无论是温柔的妻子，还是独立的女强人，你都是为了男人而活才有价值。

说来说去，还是要女人在男人的需要中找存在感，找价值感。女人所有的努力只是为了取悦男人，拴住男人，女人还是为男人而活，而不是为自己而活。如果女人不这么做，不屈从于这个价值体系，无论你是韩国总统朴槿惠，还是普通的离婚女人，你都要承担被社会排斥、被他人视为异端的风险，还要时时面临被他人矫正价值观的痛苦。

女性主义倡导男女平等，对于女人来说，首要的任务是不把自己生命的重点建构在男人身上，但现实是，无数女人还是认为女人必须依附男人而存在，男人是自己的天与地，她们在男人的价值体系里苟且求生，讨一口冷饭吃。

我收到许多女性写来的邮件，她们都是受过高等教育的职业女性，但在她们身上我看到了分裂的价值观。她们一方面觉得女人要独立，但另一方面又认同女人一定要靠男人才能活得好。她们不相信自己有力量活得好，她们一直被灌输这样的观念：靠你自己太辛苦了，你是脆弱的，你是没有力量的，你是无法给自己安全感的，所以，即便她们经济独立，甚至有的人自己有房有车，还是一直期望有一个强而有力的男人驾着七色彩云出现在自己的生命中，救赎自己，带给自己从此过上好日子的保障，结果往往事与愿违，但她们就是不愿意从这个幻梦中醒来。

还有的女性过度依赖婚姻，将其视为自己整个人生的信仰，甚至不愿意放弃不健康的婚姻关系。我曾经收到一位遭受丈夫家庭暴力的女性写来的信，她经常被丈夫打得鼻青脸肿，但却没有勇气离婚，她害怕离婚以后没法独自生活，害怕别人议论，认为"没有婚姻，我就没有了存在的价值"。许多女性因为失恋而自伤甚至自杀，还有的女性在婚姻中不停地控制对方，改造对方，教育对方"进步"，要求男人替自己实现梦想和价值。

她们没法确认自己独一无二的存在价值，她们把对生活的希望，对自我人生价值的探索和确立都投射在伴侣身上，想着怎么依靠男人、捆绑男人、鞭挞男人，却不愿意把这股生命的能量用在自己身上，去创造属于自己的价值。

女性主义强调女人之间的友谊，鼓励女人彼此联合，可是女人们却相互攻击，电视剧中流行宫斗戏，现实生活中正室斗小三、小四的戏码不断上演，几百年前女人之间的斗争至今还在普遍发生，我们还处在百年前那种状态，并没太大变化。她们很多人一生的痛苦都源于心灵的不独立，她们将自己物化，要做男人身上漂亮的衣服，要做男人手中最锋利的宝剑，也要做男权主义价值观的维护者和推广者，就是不愿意做自己。

有无数女性被男女不平等、女人的存在要依附于男人这样的价值观洗脑，并且充当这种价值观的打手，比如妈妈阿姨们逼迫单身女儿赶紧嫁人，有些妇女骂离过婚的女人都是残次品、二手货，还有好多女人因为老公或者公婆说要传宗接代，怀孕后就去医院偷偷检查，发现怀的是女婴，就自愿打掉，剥夺了女婴的出生权，也伤害了自己的身体和心灵。她们缺乏自尊、自重，成了重男轻女这种价值观忠实的拥趸，并去伤害其他女性。

伊能静在微博中回应那些嘲讽她这么大年龄嫁给年轻男人的女性："那些以为只有年轻才能被爱的女人，是不是也认为自己老了被遗弃是活该？男人只该娶年轻女人，是父权社会自私的借口。他们挑起女人的斗争，让更自私的女人互相攻击，年纪、身材、出身、生育能力，仿佛青春是唯一的价值，但同年龄的女性本就各有各的风景，这些扭曲的价值观，只为了给人借口喜欢年轻的才叫正常，也成了熟龄女性放弃自己的理由。为什么要女人接受这种贬抑？还嘲讽同性失去青春就失去追求自我的自由。强大的女性应该团结在一起，让多数人知道什么时候我们都能活得很精彩，生命的丰饶更可以跨越时间。真正活出自己的女人，灵魂绝不会被他人绑架，更不怕被任何扭曲的思想遗弃。"

我觉得伊能静是一位非常优秀的女性，不是因为她的地位或者财富，而是她拥有强大的内心，能够跳出男权社会的规则，建立属于自己的规则，这样的女人活在自己的价值坐标里，真正活出了自己。

当一个女人愿意做她自己，为自己而活时，她便拥有了内在的力量，能够创造丰盈的实现自我的人生，比如女性主义先驱、写出《第二性》的波伏娃，创作出无数流芳千古的作品的简·奥斯汀，美国历史上第一位女性非裔国务卿赖斯，中国现代妇产科学的主要奠基人之一、亲手接生了五万多个小生命的林巧稚，还有中国"铁娘子"吴仪……她们将自己的生命重点建构在更广阔的天地里，创造了属于自己的价值。

也许要让这个社会像认可男人的价值一样去认可女人的价值，而不是以婚恋作为对女性的价值判断标准，我们还有很长的路要走，但女人现在可以做到的是不以男性的标准作为对自己评判的标准。

女人，你可以让自己变美，但不是为了取悦男人，而是为了欣赏自己的美丽；女人，你要成长，要独立，但不是为了更好地嫁人，而是为了让自己快乐。无论你是普通白领、作家，还是国家总统，是否成为妻子、母亲，那都是你可以选择的，是你自己想要的，而不是取悦任何人或者讨好社会价值观的手段。女人，无论你选择何种职业、何种生活方式，都要为自己而活，因为你是属于你自己的，你是独一无二的存在。

_不争一时之得失，在时间中雕刻出你自己

俞敏洪说："有钱和值钱是两个概念。值钱的人早晚会有钱，因为值钱的人都有足可夸耀的某种能力，凭借这种能力，他不仅可以安身立命，还能积累财富，这样的人甚至连存钱都不需要。"

因为近几年我出了几本书，有一些同样喜欢写作也想出书的朋友找到我，请我帮忙将自己的作品推荐给出版社的编辑，或者让出版社的编辑抽空看看自己写的文字。通常我很愿意帮写作者和编辑牵线搭桥，让优秀的文字可以被更多人读到，我觉得这是一件好事，再说做这件事本身也并不费时费力，我只是让双方相互认识一下而已，能不能合作出书，还在于他们。因此，遇到写作的朋友让我帮忙介绍一些编辑给他，我还是很乐意的。

大概一年前，有个二十五六岁的小伙子从一个朋友那里拿到我的联系方式。他在微信上找我，说自己很喜欢写作，写了几十万字的东

西没地方发表，梦想和我一样能够出书，当个自由写作者，问我能不能介绍一些相熟的编辑给他。我读了他写的几篇文章，觉得还不错，就推荐了一位编辑给他。

后来，那位编辑决定与他合作，为他出版一本随笔集，但他是新人，在网络上也没有什么名气。如今网络上免费读物这么多，愿意花钱买书看的消费者也不多，出版社签下这样的新手作者一般比较谨慎，担心风险大出了书卖不掉，于是编辑与他协商签6%的版税，他不同意，觉得自己如果签了就亏大了，非要14%的版税。

他因这件事跑来问我的意见，我如实相告，我第一本书是被一次性买断的，当时卖了八千多块，第二本书签的首印版税是8%，网络销售的版税只有5%，但因为出了书，且书还算畅销，让很多人读到了我写的文章，认识了我。我后来转行做心理咨询师，出书也为我带来了第一批来访者，这让我比其他人更顺利地转行，做了自己喜欢的工作，按照自己的心意自由地生活。

我劝他，优秀的作者或者已经出了不少书的有名气的作者的版税才会达到14%。作为新作者，6%的版税其实还可以。如果一本书定价30元，首印1万本，你就会有1.8万元的税前收入，如果书卖得好，加印了，收入还会更多，你不必太在意自己作为一个写作者刚起步时能赚多少钱，做好你自己，持续地努力写作，静待时光检验，时间不会辜负你。

他听了我说的这些话，不为所动。我想起曾经看过六六写的一篇文章，讲她写《双面胶》的时候，挺着大肚子连天加夜写剧本，剧本费她一分钱都没拿，甚至在电视剧的编剧名单上也没有出现她的名字，但她依然得了白玉兰奖最佳编剧的提名。后来她出名了，一集电视剧的剧本费比当初翻了几十倍。她也曾用自己的经历劝一个写小说的作者，让他不要在金钱上斤斤计较，早一点让自己的作品面世，可对方还是因为不满意价钱，指望这部小说让自己发达，把小说捂在手中，不肯卖掉版权。我找来六六的这篇文章发给这位朋友，可他还是坚持要14%的版税才肯签出版合同。后来，也许因为大家工作都很忙，我们就再也没联系了，现在我也不知道他的书到底出了没有。

有的时候，我们太过于关注自己一时的得失，容易忘记什么对于自己才是重要的，这反而会阻碍我们的发展。

我在做心理咨询时，会遇到一些特别在意得失的来访者。比如，有一个来访者名叫茉莉，她以优异的成绩从名校毕业，因为不是上海本地人，父母也是普通的工薪阶层，她找工作的时候无法依靠父母，后来，她"过五关，斩六将"，经过层层面试，终于进入一家大型国企。当她发现与她一起进入这家单位的另一个女同事是托了关系进来时，她特别气愤，为此耿耿于怀，觉得上天很不公平。

工作中，她积极主动，经常辛苦地加班，承担了部门很多的重要项目。那个女同事只做了很少的一部分工作，上班轻松自在，还经常上网购物，但在进行季度考核的时候，她们两个人的绩效却差不多，她并没有因为做了更多的工作而得到领导的肯定，也没有因此获得额外的奖金或得到更多的回报。她觉得自己吃了大亏，付出和得到不成正比，感觉这家单位、这个世界对自己特别不公平，为此她愤愤不平了很长时间，甚至开始消极怠工，每天不想出门上班。

后来，通过心理咨询，她了解到如果她工作只是为了得到领导的肯定，为了多挣钱，那她就是过于依赖外部的评价，一辈子都是在给别人打工且不容易开心，因为外部的反应很多时候不是我们能控制的。如果你因为外部肯定你，你才努力工作，外部不给你精神或者物质上的肯定，你就消极怠工，那你其实是被外在的评价奴役了，你其实是在自断经脉，自废武功。外部世界的不公平很多时候是你无法改变的，你只能改变你自己，做好你自己，工作也不是为了别人，而是为了你自己。我们要通过工作提升自己，发展自己，让自己增值，而不必过分在意工作上一时的得失。

想通这些后，茉莉决定为自己打工，把工作当成事业努力奋斗，她继续在这家大型国企努力工作了一年多，累积经验，学习专业知识，不断增加自身的价值。后来，她遇到一个机会，跳槽到一家"世界500强"企业，不仅被晋升为主管，薪水也翻了数倍。又过了一年，她原来的那家公司因为业务不好，需要裁员，那个托关系进来又干活少的女同事据说当时就被裁掉了。

所谓"吃亏是福"，如果你不计较自己曾吃的那些亏，努力做好你自己，在岁月流转后，那些吃过的亏会以另一种形式加倍补偿你。

俞敏洪说："有钱和值钱是两个概念。值钱的人早晚会有钱，因为值钱的人都有足可夸耀的某种能力，凭借这种能力，他不仅可以安身立命，还能积累财富，这样的人甚至连存钱都不需要。"

在生活中，我们做很多的事情，不必过分在意一时有没有钱，不必过分在意是占了便宜，还是吃了亏，而更应该把目光放得长远一点，在意自己值不值钱，怎么让自己值钱。

那么，怎么让自己值钱呢？在时间中雕刻出你自己的价值。

雕塑家罗丹说："当我打算创作一尊雕塑的时候，我不会预先构想它的样子，而是直接把那些没有意义的部分凿掉，那么有意义的部分便自然地浮现出来了。"

另一位伟大的雕塑家米开朗琪罗也有类似的经历。有一天，他站在一块石头前，听到"大卫"从石头里面向他发出呼喊，米开朗琪罗接下来所做的事就是，把多余的石头敲掉，这时一个栩栩如生的"大卫"从里面走了出来。

我们每一个人都是一块石头，我们是自己的凿子，也是自己的雕塑家。

我们要成为怎样的自己，过怎样的生活，是我们自己通过凿子雕刻出来的，我们就是自己最重要最伟大的作品，但我们要有耐心，要付出努力，需要把那些多余的、无关紧要的东西凿掉，专注于对自己而言重要的东西，然后在时间中雕刻出自己的价值。

那些多余的、无关紧要的东西是什么呢？在生活中，它们有各种各样的呈现形式，比如，过分在意别人的看法和评价，与他人比较拥有之物的多寡，凡事计较得失、公平等。

也许有的人含着金汤匙出生，生来就很有钱，占了很多资源，学习不用功也能出国读名校。他们找工作可以靠父母的关系，不需要付出什么努力就有房有车有对象，过上非常舒适富足的生活。而你一出生就没有钱，拥有的资源也很限，你的父母不断地跟你强调，一切都要靠自己，你拼命地学习，也只能考取一个普通的本科。大学时你为了减轻父母的负担，打工挣钱；毕业的时候急于找工作，四处求爷爷告奶奶，不管给多少工资都愿意干。你想要的一切都需要靠自己奋斗得到。

对比之下，你会觉得上天、社会、这个世界对你不公平，如果你把人生的重点放在计较这种不公平上，去较劲，凡事都计较是否公平，自己是否吃亏，是否被他人公平地对待，那你将会失去更多，失去雕刻你自己、活出你自己的时间和机会。

尽管你和别人的起点是不同的，但你依然可以让自己在时间的打磨中越来越值钱，活出更好的自己。

时间对于我们每一个人是公平的，死亡对于我们每一个人也是公平的，不论贫富贵贱，每一个人都将被时间带走。你要相信，如果你努力了，时间不会亏待你。

我有个朋友说："能不能赚到500万不是最重要的，最重要的是我从最初的身无分文，朝着500万的目标努力奋斗的过程。"我觉得他说得真好。人生不是一条单一的直线，而是一个人全部体验的集合，我们哭过、痛过、奋斗过、灰心过，有得到、有失去、有笑容、有眼泪……我们充分地活出自己，努力过好自己的人生，我们不后悔。当你回顾往事，你可以给自己发奖章，因为你凭自己的努力，雕刻出了自己的人生价值。

问问你自己，你想要什么样的生活，人生的重点是什么，别只顾着埋头于琐碎的生活而忘记了梦想。我们可以在时间里雕刻属于自己的人生，让有意义的部分自然浮现；我们也可以在时间里呈现自己，不管与别人相比是好还是不好，我们都可以让自己的人生丰盛完满。

_大大方方理直气壮地爱钱

考察一个人的能力和人格，没有比看他如何赚钱和如何
花钱更好的方式了。如何赚钱直接反映了一个人的能
力、见识与气魄；而如何花钱，甚至比如何赚钱更能精
确地呈现其人格深处的"气味"。

一、都是钱多惹的祸

前段时间，我和一个朋友聊天，他谈到自己一个远房亲戚。他这
个亲戚是个"富二代"，拿着父母的钱在三四线城市投资房地产，由
于受政策和房地产市场的影响，如今他的手里砸了一堆卖不出去的房
产，背负了近千万元的债务，黑社会和放高利贷的人常常上门逼债，
弄得家无宁日，家庭关系因此受到了影响，原本和谐幸福的家庭变得
四分五裂。说完这件事情，我的这个朋友总结道：都是钱多惹的祸，
钱多害死人！

这让我想起2015年2月份的一则新闻：宁波一个"拆一代"邵某
因几年前房子拆迁获得了好几套商品房和店铺作为赔偿，这些房子在

宁波市中心，每年他单单收租金，什么事情都不干，就能拿到200多万元。他用这些钱买豪车，跟朋友合作开公司，住五星级酒店，但他还是觉得生活很无聊，然后就开始吸毒和嫖妓。他吸了一年毒，钱花了不少，身体也垮了，还因涉嫌犯罪被刑事拘留。有不少网友看了这则新闻都会评论：都是钱多惹的祸。

"都是钱多惹的祸"似乎是万能金句，以上这两个故事可以用这句话总结；"富二代"飙车撞死人，可以用这句话总结；有钱的留学生在海外过度消费，生活糜烂，可以用这句话总结；男人赚了钱，抛弃糟糠之妻，也可以用这句话总结。我认识不少身为普通白领的女性朋友，她们对丈夫的钱袋子看管得十分紧，每周100块钱都不给老公，正是信奉了"男人有钱就变坏"这一准则。

从这些故事中，我们可以看出大多数人对金钱的观念和态度：钱是丑恶和肮脏的，金钱使人堕落，让人变坏。从古到今，钱的名声一直都不太好。在古代，人们嫌说钱脏了自己的嘴，用"阿堵物"代指钱，现代人也有许多如"金钱使人堕落""金钱让人空虚""金钱是万恶之源"等观念，这实在是大大冤枉了钱。钱只不过是人们所制造的所有东西中的一种，它是中性的，但却被赋予太多的负面评价，让钱背上了强烈的道德属性、社会属性和情感属性，谈到它人们似乎会联想到"丑恶""贪婪""肮脏""黑暗""淫秽"等词汇。

在我很小的时候，妈妈就告诉我钱很脏，摸了钱之后要洗手，所以，有很长一段时间，我都谨记母亲的教诲，每次摸了钱必定洗手，不洗就会觉得自己的手很脏，无法忍受。其实，所谓的钱脏并不仅仅指钱本身在流通的过程中沾染了很多病菌，背后还有另一层含义：钱会让人变肮脏，变坏。

二、你和金钱的关系还好吗？

如果一个人持"金钱是不好的""金钱是丑恶和肮脏的""金钱使人堕落"此类观点，那他与金钱的关系会如何呢？

我有个弟弟技校毕业后就开始工作，在一个三线城市的私企里做机械销售。因为他喜欢烹制美食，如今想辞职开一家中式早餐店，但却拿不出一分钱来创业，他为此很苦恼。我觉得很奇怪，他销售的工作干了七八年，平均每年能挣六七万元，为什么这么多年都没有存下一分钱呢？我与他聊到这个问题，他说："每当我身上有点钱，我就浑身不舒服，非要把这些钱花光才安心。假如这个月我卖出了几台机器，老板发提成，我忽然多了三千块，我一定要请同事吃饭。如果请别人吃饭花不完，我就去买价格昂贵的烟抽，或者借钱给别人，而这些借了钱的人往往又都不还我钱。"我问他："为什么你会这样做？你这样花钱的时候有什么感觉？"他答："我也不清楚，就是隐隐地觉得有钱不好，有钱是件令人很不舒服的事情，感到心里不安，似乎有什么坏事要发生，只有把钱花光了，重新变没钱了，才觉得舒服和安心。"

我从事自由职业后，一方面以写作为生，另一方面由于自己是网络红人，也可以接一些广告推广的活来补贴生活，但我发现自己不好意思和编辑谈稿费，也不好意思催那些拖欠我稿费的编辑。如果有人找我做一些广告推广，在报价上我会无比纠结，我有的时候刻意报很高的价钱，以便不能合作，这样我就不用去做这件事，当然也挣不了广告费。我的内心有两个冲突，冲突一：我认为钱是不好的，金钱是肮脏的，谈钱似乎说明我道德低下，但作为一个从事自由职业的女屌丝，挣钱对我来说很重要；冲突二：我认为挣钱应该是很辛苦的，但做广告挣钱很轻松，所以，面对做广告这件事，不管我怎么选择，内心都很纠结。做吧，违背自己内心关于金钱的理念；拒绝吧，我会后悔，因为失去了金钱，也失去金钱带来的现实的好处。

经过很长时间的觉察和自我成长，我才慢慢改变自己内心关于"金钱是不好的""金钱是肮脏的"的信念，改写自己的金钱剧本，内心的冲突减少了很多，但目前我与金钱的关系还不能说处理得很好，我依然在成长的路上跋涉。

我有一个咨客，常常因为钱的事而痛苦，比如，她和几个朋友一起聚餐，之前大家默认餐费实行AA制，结账时她把餐费先垫付了，但之后总有一两个朋友没有把该付的餐费给她。她非常不好意思向对方索要，觉得自己不应该这么计较，而且这些钱都是几十块的小钱，但真让她替朋友付这笔餐费，她又觉得很不公平，觉得吃了亏，内心十分不愿意。类似这样的事情非常多，比如她和朋友们一起打车回家，虽然很多次都是她主动垫付车费，但她内心并不痛快。她送朋友的礼物比朋友送她的礼物更贵（她会在网上查礼物的价格），也会让她耿耿于怀。一方面她确实在乎钱，但另一方面她又要假装自己不在乎钱，她不能接受自己这么在意钱这件事情。我问她："为什么你就不能在意钱呢？"她答："一个人怎么可以在意钱呢？一个爱钱爱计较的人道德水平太低下了。"经过一番梳理和探讨，她认识到对于钱她有羞耻感，她觉得金钱使人堕落，她不应该爱钱，爱钱太俗太羞耻了。我让她开口说出一句话："我——爱——钱。"刚开始她完全开不了口，我鼓励她继续尝试，她轻轻地说出这三个字——"我——爱——钱"，最后当她大大方方理直气壮地说出"我爱钱"时，她对金钱的态度不再像之前那么纠结，整个人轻松了很多。

因为我们的文化和家庭教育赋予金钱太多负面的道德属性，让很多人奉行"金钱是不好的""金钱是丑恶和肮脏的""金钱使人堕落"等消极的金钱观，使得他们的内心信念与现实分裂开来，造成内心的冲突和痛苦，导致他们不敢大大方方理直气壮地去热爱金钱，不敢成为有钱人，也错失了很多得到财富的机会。

三、贫穷的悲哀之处

任何一个聪明人都会努力挣钱，因为他能够清醒地看到贫穷对一个人的伤害，贫穷不仅仅伤害人的肉体，还会摧毁人的精神。

有个朋友和我讲她妈妈的事情。家里的饭菜剩下了，她妈妈即便吃饱了，还要硬撑下去把剩下的饭菜吃光，因为她怕浪费。后来，她妈妈得了胃炎，也无法做到对剩饭剩菜弃之不食。有一次，她妈妈因为吃变馊的饭菜，拉肚子很严重，但不肯去医院，就在家里躺着，忍受病痛的折磨。她问妈妈："家里明明已经很有钱了，为什么要这么做？"她妈妈回答："以前穷怕了，连饭也没得吃，能吃上混着谷糠的红薯就很不错了，你不知道自己吃了这一顿，还有没有下一顿。"

有一个亲戚因为学历低，又没有其他的技能，只能进城找一份工厂流水线上的工作。工人的工资比较低，为了多挣几块钱，他就拼命加班，由原来的每天工作10个小时到每天工作14个小时。为了省伙食费，他常常只吃面条和咸菜。为了省路费，去哪里他常常走路去。他也不交朋友，不和朋友出去玩，因为交朋友要花钱。对他来说，生活似乎被挣钱和省钱这两件事占满了，他终日活在对钱的算计中。

我和一个朋友讲自己上初中时每周日所遭受的痛苦。我站在家门口瞭望远处的公路，希望父母能在最后一趟去县城的公共汽车到来之前给我下一周的生活费，这几十块的生活费他们需要向亲戚借，如果父母借不来钱，我不仅没钱，还错过了车，就无法在周一之前到达学校。朋友问我在等待的时候内心是否焦虑和痛苦，是不是流着眼泪等车，我说："错了，对一个人来说，当这样的生活成为日常的时候，他是不会为此痛苦流泪的，他会渐渐习惯，进而变得麻木，觉得这就是自己该有的命运和生活。"

我现在买水果回家，诸如苹果、香梨，常常一放就忘记吃，时间久了，水果就在塑料袋里烂掉。这是因为我从小家里穷，没怎么吃过水果，好不容易有些水果，也因为舍不得吃，储存太久而烂掉，所以，我一直没有养成吃水果的习惯。

这些都是贫穷的悲哀之处，它会让人无法做到珍惜自己的性命，让人视自己的身体如草芥；它会让一个人的生活处处受到金钱的压榨和限制，让人眼中只有钱，金钱成为他生活的全部，使他无法真正享受生活；它还会让人认为自己不配享有更好的生活，陷入穷人的思维模式，无法做出改变，极有可能因此一直贫穷下去……

四、金钱太可爱了

一个诚实的人会大方承认金钱的价值和作用，但我还想在此重申一下有钱的好处。张小娴写过一篇短文，讲自己某一天心情不好，很想马上离开香港，于是她就预订了去东京的机票和酒店，她说，"那一刻，是我第一次感觉到有钱真好"，"金钱太可爱了，它偶尔可以用来治疗沮丧和悲伤"。她向往一种"有足够任性的钱"的幸福。

金钱何止可以用来治疗沮丧和悲伤，它作为一种通用资源，可以带给人很多好处。金钱能为人的身体带来舒适和健康，当人生病时，有钱就可以享受更好的医疗，使人重获健康。金钱能为人的成长创造更好的条件，因为有钱可以让人接受更好的教育，见识更广阔的世界，获得更丰富的体验。金钱能让一个人变得自信，一个人努力赚更多钱，从月入三千到月入三万的过程也是对自我价值的认同和提升的过程。金钱能为人带来更多身心的独立与自由，有钱并不能完全让人想干吗就干吗，但它可以让人不想干时有底气去说"不"。因为有钱，面对一份无趣又剥削人的工作，人可以不用苟且求生，也不需要巴结自己讨厌的人，可以选择挥一挥衣袖潇洒离开。鲁迅曾说，"自由，能够为钱而卖掉"，"梦是好的，否则，钱是要紧的"。金钱还能用于帮助他人，既可以让我们喜欢的人开心，也可以让陌生人因为我们的帮助而获得快乐……

有钱的好说上三天三夜也说不完，所以，不要去相信什么"金钱让人堕落和空虚""钱袋越满的人，灵魂越空虚""金钱使人浅薄与平庸"之类的鬼话了，这些话散发着一阵酸溜溜的做作之气。如果真是如此，为什么金钱没有使比尔·盖茨等企业家堕落和感到空虚，反而使他们投身于慈善事业，为人类发展做出更大的贡献？

五、不是钱的问题，而是人的问题

那么多一夜暴富的人，比如"拆一代"、中彩票大奖的人，还有"富二代"们会因为金钱堕落和感到空虚，染上吸食毒品和赌博的恶习，这并不是钱多惹的祸，而是人本身的问题。对于一个内心空虚的人来说，无论有钱没钱，他的内心都是空虚的。而对于一个充实的人来说，有钱只会增添他的充实感。金钱只会让堕落的人更堕落，让高尚的人更高尚，让浅薄的人更浅薄，让思想深刻的人更深刻。如果一个人怀有美好的理想，他又正好有钱，那他会让世界变得更加美好。

某些"富二代"、一夜暴富的人变得堕落和空虚的原因还与行为经济学家所说的"心理账户"有关。一个人对于那些不用自己付出努力就得来的金钱，往往会抱着随意的态度，不像对辛苦挣来的收入那么谨慎和珍惜。

这还涉及一个人的财商。财商可以简单理解为理财能力，它包含这个人的金钱观、与金钱的关系、认识金钱和驾驭金钱的能力。韩信点兵时，刘邦问韩信："我能将多少兵？"韩信答："陛下能将十万。"刘邦又问韩信："你又能将多少？"韩信答："臣则多多益善。"管理金钱就像带兵，并非越多越好，他需要一个人拥有相应的理财能力和素质，你支配的钱财越多，越需要有更高的财商。如果你拥有的财富与你的财商或者观念不匹配，那么这些金钱极有可能很快就会失去，再多钱也无法带给你幸福，甚至会给你的人生造成不幸与伤害。

钱的问题并不单单是钱的问题，它往往反映的是人的问题。心理咨询师曾奇峰说："对钱的态度，是一个人对这个世界的态度的一部分。我们甚至可以说，考察一个人的能力和人格，没有比看他如何赚钱和如何花钱更好的方式了。如何赚钱直接反映了一个人的能力、见识与气魄；而如何花钱，甚至比如何赚钱更能精确地呈现其人格深处的'气味'。"

钱在我们的生命中是和健康、人际关系一样重要的东西。钱使你可以大大方方理直气壮去爱，你不需要掩饰自己对金钱的需要和热爱，你需要的是光明磊落，认真努力地赚钱，同时提高自己的财商，处理好与金钱的关系，既不与金钱为敌，也不被金钱奴役，而是把金钱当朋友，与之携手同行，这样你才容易得到金钱的眷顾，才能成为一个真正自由的人。

除了"钱是丑恶的和肮脏的""金钱使人堕落""金钱让人空虚""金钱是万恶之源"等消极的金钱观，还有其他关于钱的限制性的消极观念，看一看你是否拥有这些金钱观，看看它们从何而来，对你的生活带来了什么影响，再看看你能否改掉这些消极的金钱观。以下关于金钱的观念来自露易丝·海的《生命的重建》：

· 我很穷，但我很清白。

· 我很穷，但我很好。

· 我要很辛苦才能挣到钱，赚钱不容易。

· 太轻松赚到的钱，很快就会失去。

· 我天生不会理财。

· 我必须依靠人脉才能挣到钱。

· 我靠自己挣不到钱。

· 有钱人都不是好人。

· 有钱人是骗子。

· 只有骗子才会有钱。

· 我永远挣不了大钱。

· 花钱比挣钱快。

· 有钱很危险。

· 穷人永远不会翻身。

- 我的父母很穷，我也会很穷。
- 艺术家不得不与金钱抗争。
- 总是别人先到。
- 我不应得到。
- 我不够好，无法挣钱。
- 节省一分钱就是挣回一分钱。
- 我憎恨别人有钱。

_给负能量一个表达的机会

负能量如果没有梳理和表达出来，它就只能被隐藏和压制。当人们不被允许去表达负面的感受，只能表达正面的感受，那些负面的情绪都被否认、逃避和隔离时，人们就容易患上各种各样的心理疾病。

小李夫妇是我的朋友，他们结婚五年后生了一个可爱的宝宝。前段时间，他们的小孩要做一个心脏手术，我和另外几位朋友去医院探望他们。小小的婴儿躺在病床上，身上插着一堆的管子，真让人心疼。我一见到孩子的妈妈，知道她很难过，忍不住上前去拥抱她，妈妈眼眶湿红着说："孩子太小了，心脏问题又比较严重，医生说手术风险很高，成功的概率只有60%，我很害怕……"妈妈的话还没有说完，她的家人和一起来探望的朋友就打断了她。"没事的，你不要想太多"，"一切都会好起来的，手术会很成功的"，"你看这么多朋友来看我们，怎么能说这么泄气的话"，"这个时候，你这个当妈妈的要更坚强才对"……

　　这些听起来安慰人的话，不是带着盲目的乐观，就是对这个妈妈有责备的意思，怪她不懂事，不够坚强。我有些为这位妈妈感到难过，于是对她说："我们大家都会为孩子祈祷的，希望他顺利渡过这一关，你们有什么需要帮忙的地方一定要告诉我们。"

　　探望完病人回到家，我内心的难过久久无法消散，心里同时想着我们安慰病人家属说的那些话。"没事的"，"都会好的"……我当然知道，所有人都希望孩子的手术能成功，健康快乐起来，但手术的高风险是真实存在的，我们似乎无法面对这个事实，也无法面对孩子母亲的恐惧与无助。

　　这让我想起《欲望都市》最后一季的剧情。当女主角萨曼莎被确诊罹患乳癌后，其他三位女主角知道后很震惊，她们抱头痛哭，但还是乐观地鼓励彼此，说一定会没事的，萨曼莎很快就会康复。之后，萨曼莎开始接受可怕的化疗，但她们表面看起来还是很淡定，似乎能hold住一切，其实，她们很担心很害怕，害怕好朋友的病情会恶化，害怕她会死掉，但她们不能说泄气话，也不能把这害怕表现出来，甚至竭力去隐藏自己的担心和害怕。

　　有一天，凯莉的男友告诉她，他也曾有一个朋友罹患癌症。凯莉问他："现在她怎样了？"他答："她死了。"凯莉很生气，责怪男友不考虑自己的感受，她告诉他萨曼莎是她的亲人，她希望她好起来，她知道她会没事的，所以她才不要听这种丧气话。

没过几天，很不识相的男友又郑重其事地告诉凯莉他的朋友罹患癌症过世了。你可以想象一下，有人一而再地告诉你，你得了癌症的好朋友极有可能会死掉，你会有多火大，所以，凯莉气炸了，她认为男朋友就是在故意打击自己。她问："你就不能不跟我提起你朋友死去的事吗？你不知道我没有办法像你一样不难过吗？"没想到她的男友缓缓地说："不是的，我很难过，所以才希望你有心理准备，不要像我一样完全没料到，然后震惊、悲伤很久。"

这时，凯莉才理解了男友的心意，因为他自己曾经遭受过朋友离世的重大打击，为朋友的死亡深深悲伤过，所以他才希望凯莉不要盲目乐观，失去了认识真实世界的能力，从而看不清真相。于是，凯莉终于不再隔离自己的真实感受，不再逃避和漠视可能失去朋友造成的恐惧与不安。

第二天，凯莉与萨曼莎见面。她告诉凯莉自己有多么担心，内心是多么复杂，凯莉原本还想用一以贯之的乐观来安慰好朋友，但萨曼莎握着她的手说："请让我说，我根本没有机会说出这些不好的感受……我真的需要说……"

凯莉听后，她理解了萨曼莎，知道她真正需要的是去表达自己那些痛苦的感受，而听那些乐观的安慰人的话，并非萨曼莎真实的需要，于是，她鼓起勇气，忍住讲那些乐观的话，她对萨曼莎说："好，我听你说。"

都说艺术来源于生活，又高于生活，《欲望都市》的这段剧情非常真实地反映了生活，展现了我们人性的脆弱和情感的复杂，对我有非常大的触动。它让我思考：我们乐观地安慰那些处在痛苦之中的人，比如失恋、失婚、罹患癌症、失去亲人的人，他们真的能够得到安慰吗？说那些盲目乐观的话，是我们自己需要，还是他们需要？为什么我们如此难以面对他人负面的情绪和感受？

我曾经和男友有过如下一次对话。

我：我觉得你根本受不了我情绪不好的时候。我心情不好，你总是说没事，不要想太多。我觉得我和你在一起就必须表现得一天到晚开开心心快快乐乐的样子，我要是做不到，你就会很担心很焦虑，这让我觉得很有负担。我不可能一天到晚表现得很正能量。我做不到！

男友：如果你这么说，那我也可以认为你受不了当我看到你心情不好而产生的担心焦虑的负面情绪。如果你能够接受我因你情绪不好而担心焦虑，你就不会像现在这样生气。

我（我瞬间就笑了，觉得我俩是在说绕口令）：我觉得你说的是对的，我们还没有学会去面对、接受和处理彼此的负面情绪。

我们必须承认，无论是与恋人、家人还是好友在一起，负面情绪都会相互影响。我们人性的弱点之一便是害怕面对他人的负面情绪。有不少人和文章都会教导你，要极力避开那些充满负能量的人，因为负能量就像灰指甲会传染，跟一个浑身负能量的人在一起久了，你似乎也会被拉进黑色的痛苦深渊之中。所以，我们排斥抑郁，排斥无助，排斥一切的悲伤和失败，但生活中的负能量是真实存在的，你无法逃避。那些盲目乐观的话语，那些类似"一定会好起来的"的心灵鸡汤很多时候其实是在自欺欺人，把你与真实的感受和世界隔离开。

我们在生活中会看到无数这样隔离负面情绪与感受的例子。

有的父母面对长时间哭泣的孩子会手足无措，甚至会恐吓小孩："不许哭，再哭我们就不要你了。"

有的幼儿园老师面对独自在角落里闷闷不乐的小朋友会说："不要一个人这么不开心啦，跟大家一起开心地玩游戏呀。"

有的人面对失恋大半年还在伤心的朋友会说："你都失恋大半年了，怎么还不好起来呀？"

有的人面对遭遇离婚痛苦的朋友会说："没事的，你以后一定会找到一个更好的伴侣。"

…………

曾有个男性咨客，心情抑郁了很长时间。我问他："你太太和父母知道你内心这么痛苦吗？"他答："他们什么都不知道，我会假装一切都很好。因为我担心把真实的感受告诉他们，他们不能面对和接受，甚至会让他们因为我的事情而难受。"

正因为人们逃避负能量带来的危险，人类才得以好好生活，代代延续，这可以理解为一种求生本能和保护机制，但我发现，现在的社会似乎有一种趋势：越来越提倡正能量，逃避负能量。负能量如果没有梳理和表达出来，它就只能被隐藏和压制。当人们不被允许去表达负面的感受，只能表达正面的感受，那些负面的情绪都被否认、逃避和隔离时，人们就容易患上各种各样的心理疾病。

心理咨询存在的一个意义就是给负能量一个表达的机会，咨询师面对痛苦难过的来访者一定不会说"没事的，一切都会好起来"，而是倾听并给予深切的理解。

我们需要给负面情绪一个合理表达的机会。面对他人的负面情绪时，不要盲目乐观，一味灌鸡汤，也不要质疑、劝诫和评论他的感受，这只会让他感觉更糟糕。

那么，具体该如何做呢？有一个美丽的童话故事可以分享给大家。

熊的好朋友小鸟死了，它很伤心，把小鸟装在自己做的小盒子里随身携带，可是大家看到它的盒子，都劝它忘记小鸟。不被人理解的熊一个人躲在家里，不再出门。不知道这样过了多久，在一个天气晴朗的日子，熊走出了家门，遇到了也带着一个盒子的山猫，它们两个进行了一次交换，让对方看看自己的盒子。当山猫看到小鸟时，对熊说："你和这只小鸟一定是好朋友吧？小鸟死了，你一定很难过吧？"然后，山猫打开自己的琴盒，用小提琴为熊和小鸟演奏了一首曲子。在轻柔的音乐声中，熊想起自己和小鸟过去的事情，沉浸在美好的回忆中……因为山猫理解熊内心的痛苦，接纳它因为好朋友去世而一直悲伤的样子，并用自己的音乐纪念两人的友情，让熊感受到爱，于是它内心的悲伤才开始治愈，真正与小鸟进行了告别，学会自己更坚强更快乐地生活。

人活在这个世界上，有正面的情绪，也会有负面的情绪，坏的情绪和感受是避无可避的。如果我们的朋友正遭受失恋、离婚、疾病、亲人离世等生命中不能承受之痛，我们若真心爱他，不要让他去忘记，不要劝告和说服，更不必催他赶快好起来。我们可以像山猫一样给予朋友接纳、理解和陪伴，这是最好的安慰和爱。我们也可以像凯莉那样只是说"好，我听你说"。

给生活中的负面感受一个出口，给身边亲爱的人表达负面感受的机会，给他们一个陪伴、倾听、接受、同理、包容的机会，最终一切真的会好起来。

PS：我朋友的宝宝的心脏手术非常成功，孩子现在很健康很可爱。萨曼莎的癌症最终得以治愈并成了抗癌明星。

_不为金钱所奴役的自由

> 一个真正财务自由的人，必然是金钱、时间和心灵都已
> 经自由的人，他有钱有闲还有一颗自由的心，其中心灵
> 自由才是最重要的。

近年来，财务自由这个概念很火，那么，什么是财务自由？简单地讲，就是你无须为了果腹而努力工作，你的被动收入即工作之外的收入已经超过你的日常花销，到那时，你可以自由地做自己喜欢的事情，不受金钱的控制，你工作仅仅是因为你喜欢工作。

我看到很多人讨论的焦点是：挣多少钱才能实现财务自由？有的人说不包括自住房在内，最低需要600万元，高的则需要3000万元，但在现实生活中，已经有600万元也没有自由的大有人在，而另一些人虽然没有600万元，但却正在享受自由，能够快乐地做自己喜欢的事情。

那是什么导致了这样的差异呢?

从去年开始，中国股市进入牛市，我的好友菜菜开始炒股且沉迷其中。我与她聚餐，边吃边聊，她时不时地打开手机看一看股市情况，操作一番。菜菜告诉我，刚开始炒股时，每天挣二三十块，她就很开心；渐渐地，她每天可以挣一百块了，这时她虽然也感到开心，但没有最初挣几十块时那么开心了；再然后，她的股票开始每天挣几百块钱，可是她并没有多少满足感，总想着"我还要更多"。既然是股市就有风险，股票有涨就会有跌，她不可能一直赚钱，但股票赚钱时她觉得这些钱是自己应该赚的，一旦出现了损失她却感觉非常痛苦。

她感叹："我现在算是真正明白什么叫被金钱奴役了，现在股票牵动着我的每一根神经，连本职工作都没有心思做了，也不想和朋友出去玩。股票涨了我就高兴，股票跌了我就郁闷，我所有的喜怒哀乐都被股市控制着，吃饭、上厕所都在上网看股票。买一只股票，看到它涨了，我也不愿意抛，总想着赚更多钱的时候再抛，结果就亏了。我的贪欲让我损失了更多的钱，我也不知道是我在玩股票，还是股票在玩我。"

去年，她从股市里挣了十几万。今年，她想要挣得更多，欲望不断升级。她虽然知道自己已经深陷其中，但难以自拔，停止炒股对她来说意味着损失金钱，而她无法承受这种损失。

她自己有车有房，本职工作的年收入也有二十万，原本小日子过得挺滋润。现在，虽然炒股挣了钱，但生活质量和满意度并不比原来高。

朋友大志是公司高管，年薪百万，但工作异常忙碌，每周都要出差，就算偶有休息，也只想睡觉和躺在沙发上看看电视，没有精力去做一些自己喜欢的事情，比如摄影。他曾感叹："我似乎是为了挣钱而挣钱，我都不知道自己挣这么多钱干吗，我忙得都没有时间花钱。"他甚至很羡慕像我这样一穷二白的自由撰稿人，因为他觉得我很自由，有大把时间可以做自己喜欢的事情。

在我的眼中，朋友安安可能就是一个自由的人。她是一个自由插画师，在家工作。假如她想下个月去旅行，这个月她就会多接一些活，多挣点钱，一旦她觉得钱挣得差不多了，就会出门旅行。就算客户当时找她做项目，且愿意支付比原先多一倍的报酬，她也会拒绝。她的底气在于，她对自己的工作能力有自信，更在于她有一间自己的房子，还有十几万元的存款。

大学毕业时，我在广告公司做策划文案，经常遭遇这样的事：一个方案被客户要求改五六次甚至十几次，也许最后还是改回第一稿，但我又不能不改，因为我要是不改，就可能会丢了工作，然后没有钱付房租，没有钱吃饭。这种受困于金钱的无自由感令我非常痛苦。后来，我存够了一笔钱，就辞职成为自由职业者，但我并不觉得自己有多自由。

我上一次感到自由是什么时候呢？有一个客户让我写一个广告文案，我写好后，在客户的要求下改了两稿，客户还是不满意。我提出终止合作，钱我不挣了，你也别让我改了。那一刻，我感觉到了短暂而美好的财务自由，这种美好的感觉来自于我不挣这笔钱，我的生活也完全不会受到影响。

从这些事例中我看到，自由确实需要钱，没钱一定不自由，就如同鲁迅在《娜拉走后怎样》的演讲中说的那样："梦是好的；否则，钱是要紧的。钱这个字很难听，或者要被高尚的君子们所非笑，但我总觉得人们的议论是不但昨天和今天，即使饭前和饭后，也往往有些差别。凡承认饭需钱买，而以说钱为卑鄙者，倘能按一按他的胃，那里面怕总还有鱼肉没有消化完，须得饿他一天之后，再来听他发议论。"他还说，"自由固不是钱所能买到的，但能够为钱而卖掉。"

但有了钱并不代表就有自由，钱和自由的关系也没有我们想象中那么紧密。被股市控制的菜菜，为了挣钱而挣钱的大志，他们有钱但不自由。我看到天涯上有个帖子说，有个人在三线城市有两套房子，名下有一辆车，还有300万现金存款，但他依然感觉很焦虑很不自由，对未来充满不安全感。看来，自由从来不是钱所能买到的。

有一个心理寓言，叫"孩子在为谁而玩"。

一群孩子在一位老人家门前嬉闹，叫声连天。几天过去，老人难以忍受，于是他出来给每个孩子25美分，对他们说："你们让这儿变得很热闹，我觉得自己年轻了不少，这点钱表示谢意。"

孩子们很高兴，第二天仍然来，一如既往地嬉闹。老人再出来，给每个孩子15美分。他解释说，自己没有收入，只能少给一些。15美分也还可以吧，孩子们仍然兴高采烈地走了。

第三天，老人只给了每个孩子5美分。

孩子们勃然大怒："一天才5美分，知不知道我们多辛苦！"他们向老人发誓，他们再也不会为他玩了！

这个寓言讲的是动机的问题，但我看到了另一面：什么叫自由呢？自由就是为自己的快乐而玩，而不是为了别人或者金钱而玩。一个人的心灵和思维能够不受外部因素的奴役才叫自由，我是我自己的主人，我能够说yes，也能够说no，就像很多人知道的那样，自由不是我想做什么就做什么，而是我不想做什么的时候，我就可以不做。

一个自由的人能够管理好自己的欲望，不被金钱所裹挟和控制，他占有金钱，但不会被金钱所占有。如果某一天他失去了这些金钱，或者他想将这些金钱全部拿去做慈善，他内心的自由并不会因此而受到影响。

一个真正财务自由的人，必然是金钱、时间和心灵都已经自由的人，他有钱有闲还有一颗自由的心，其中心灵自由才是最重要的。

一些网友或者身边的朋友会向我抱怨：如果不是没钱，我不会像现在一样不开心；如果我有钱了，我会自由很多，我的梦想也会实现，我的生活会快乐很多；如果我财务自由了，我就四处旅行，投身公益事业，做我自己喜欢的事情……但你过得不好，你没有实现梦想，你没有自由做自己喜欢的事情，真的是因为你没有钱吗？还是你只是在拿没钱当借口？

对于我们大多数人说，一方面要努力多挣钱，减少金钱对我们的束缚，努力争取做一个财务自由的人；但另一方面也要去看看自己与金钱的关系，看看自己所说的不自由真的是受到钱的限制，还是我们在自我设限。

钱是要有的，心灵的自由也要努力修炼。没有一颗自由的心，即便你拥有几百万几千万，你还是不自由，不能做自己，不能为自己而玩。

_不争，也有属于你的世界

对你而言，重要的事根本不是与他人争抢资源，而是把你
自己变成某种不可或缺的重要资源，活出你自己。

朋友米米在一家中型影视广告公司做客户服务和维护，因为她比
较年轻，只有一两年的工作经验，老板分配给她的都是小客户。这些
小客户与公司签的合同金额自然没有大客户高，而客服人员的提成又
与服务对象签约的金额挂钩。为了有更高的收入，与米米一同进来
的几位同事都投身到争抢大客户资源的队伍中，与老同事的关系因
此事比较紧张，常常爆发一些矛盾。刚开始，米米看到周围的同事
都在抢大客户资源，她很害怕如果自己不去争抢，只能一直服务小
客户或者很难搞的客户，于是她也投身到无止境的争夺客户资源的
"大战"中，才过了两三个月，她便感觉心力交瘁，甚至动了辞职
的念头。

非常苦恼的她找了一个工作经验很丰富，在大公司做人力资源的

姐姐倾诉烦恼。这个姐姐问她："你自己想要争抢客户资源吗？"米米："我不想也不喜欢，但看到大家都在抢，我很焦虑。"这个姐姐说："先问问你自己想要什么以及自己可以做什么，然后沉下心来朝这个方向努力，很多东西并不需要与别人争抢才能得到。"

听了姐姐的话，米米决定退出这场"争抢大战"，把更多的时间和精力用在服务好自己手头上的这些小客户上，同时学习市场营销的知识，学习如何更有效地与人沟通。在这个过程中，她发现自己对创意、策划很感兴趣，除了自己找相关的书看，她还向单位里做策划的前辈学习。

就这样过了大半年，到了年终，米米服务的小客户因为回款率比较高，客户们对她的评价也很好，公司给她发了一份很不错的年终奖，她一年的总收入反而比其他同时期进来的同事更高一些。

又过了几个月，米米辞职了，她跳槽到一家大公司，转换了职业，做起了策划。原来，她自己做了一份很棒的策划案，拿着它去面试并成功了。

经过这些事的磨炼，米米做了自己喜欢的工作，对自己、对未来都更加自信，对生活也比之前满意了。

我很喜欢汤唯的一句话——"不争，也有属于你的世界"。在我看来，她正是从自己的人生经验中总结出了这句话。汤唯最初虽然演了许多戏，但似乎都不怎么红，后来，她大胆出演《色戒》，一举成名却遭遇封杀，各种负面评价非常多。对她的封杀时间长达两年，但这并没有让汤唯一蹶不振，她远赴英国留学进修，继续深造，学得一口纯正的伦敦音，还会说流利的粤语。后来，她带着新作品复出，我们看到了《晚秋》《月满轩尼诗》，以及再后来的《北京遇上西雅图》《黄金时代》。她从自己的困境中走出来，华丽转身，成为全民喜欢的女神。

不争，不是说不努力，不争强好胜，不去争取资源。在这个世界上，如果不努力，不参与竞争，我们很难活下去。我们需要占有一定的资源，用以生存，用以发展自己。

但争并不是指盲目地竞争。有的人，看到别人有什么，自己也要有什么，别人考这个证、那个证，自己也要考；别人考公务员，自己也要考……我遇到的一些来访者正是如此。有个来访者是白领，他看到别人竞争公司中的某一个领导岗位，他也参与竞争；看见同事报了英语培训班，他也花钱去上；看到别人创业，自己也去创业。结果，岗位竞争他没被选上，还破坏了人际关系；学英语也没有动力，最后不了了之；创业也失败了，还赔了不少钱。他的生活充满了比较、竞争和焦虑。

"争"在我的理解里有两层含义：一是眼睛总盯着别人看，总与他人进行比较，别人做什么，自己也要做什么，别人争什么、抢什么，也跟着随大溜；二是生活中不加思考、不加分析地去争夺某种资源，紧紧地抓住一切机会，一股脑地想全部抢到捂在自己怀里，以为抢到了就会生活得幸福、快乐，害怕错过或失去任何一个机会。

这样的"争"只会导致我们的心越来越焦虑。

几年前，我辞职后成为一名自由职业者。那时我虽然在网络上有点名气，但出书的版税还没有结算，生活比较拮据。因为生存艰难，遇到一些稿费给得很低的约稿，比如80元/千字的，我会很纠结，到底接还是不接呢？接，稿费实在太低了，我的付出和回报不成正比，让我糊弄着写一篇文章，我也是做不到的。不接，我又想，我的生存都成问题，怎么还挑三拣四？同样，因为社交网络对我的关注量比较大，我会接到一些广告，其中一些不符合我的价值观，我也很纠结，接了有违自己内心的意愿，不接赚钱的机会就没有了，而且这些编辑和客户以后就会找其他人，不会再找我。

纠结多了，我的心也越来越焦虑不安。然后，我开始思考，我为什么会如此纠结？第一，因为穷嘛，担心有了这顿没有下顿，害怕拒绝合作就没有下一次机会；第二，因为内在的不稳定，对于很多事情做与不做没有自己确定的标准。

我冷静下来，认真分析自己的处境：虽然我租房住，收入也不稳定，但我还有好几万的存款，生活其实根本不成问题，然后，我又问自己，什么广告是我愿意接的，什么广告是我不愿意接的，答案是符合我价值观的广告是我愿意接的。那么，什么是符合我价值观的广告？广告信息要真善美，不做虚假广告，不传播负面信息。

这样进行自我分析和确认之后，我决定安心做自己想做的事情，该合作的合作，该拒绝的就拒绝，专心看书学习，上心理学课程，写自己想写的文章。渐渐地，我的内心越来越安定，收入也开始增加。当然，这个过程我走了很长时间，走得并不容易。

哈佛大学教授穆来纳森和普林斯顿大学教授沙菲尔对稀缺资源状况下的人的思维方式进行了研究，并出版了一本名为《稀缺》的书。他们的研究表明：匮乏会导致人认知和判断力的下降，无论这种匮乏是金钱上的还是时间上的，人的思维方式都会受其影响。"长期的资源稀缺培养出了'稀缺头脑模式'，导致人失去决策所需的心力。"这种心力，穆来纳森称之为"带宽"。"一个穷人为了满足生活所需，不得不精打细算，没有任何'带宽'来考虑投资和发展事宜。"

现在回过头看，那时我的心态就是所谓的"穷人心态"：心中充满了恐惧与不安，不加思考，不加判断，希望能占有一切资源，抓住一切机会，结果导致自己变得盲目、纠结、焦虑与恐惧。这种"穷人心态"是非常危险的，时间久了，你会被困在里面，很难挣脱。

不争，则是一种富人心态，一种稳定的、从容不迫的、淡定的心态，而不是焦虑的、投机的、与他人争抢的心态。当我们以富人的心态参与竞争时，我们才能一步一个脚印地往前走，对自己获得的成功感到踏实安心，不会担心失去，也不会害怕前面不再有更美好的风景等着自己。

我自己的这段经历也让我明白：很多事情能做成、做顺，首先要弄明白，要去思考"这是不是我的内心真正想要的"，"这是不是我能做的"，让自己内在有一个定力，不被外界环境所左右，然后让自己具备做成这件事相应的能力，充实、提升你自己，当真正的机会来临时，你才有能力把握住。

我们很多人很重视机会，在网上总能看到某某某抓住了一个机会，从此一飞升天，走上了人生巅峰。人们很害怕失去机会，事实上，是你的机会永远都是你的，你并不会错过。当你准备好，机会自然会来，就像汤唯可以接到需要讲英语的剧本一样，那是因为她之前学习了英文，做好了准备。

我很认同罗振宇所说的"U盘化生存"。他说，以前衡量一个人的价值的尺度是他的领导，一个人干得好不好，讨不讨领导喜欢就是关键，但现在"随着互联网的发展，人和人的协作变得更加自由，那么衡量一个节点价值的方式，就出现了非常重要的变化"。是什么变化呢？衡量我们个人价值的不再是那么一个人或者几个人，而是一个更大的市场、更多元的价值评判体系。我们拥有的技能"就有点像U盘，没有特定的用处，但它有一个独特的社会节点的价值，插到哪儿它都可以运作"。我们其实可以活得更自由也更公平。

举个例子。我写的书，放到市场上，肯定有人不喜欢，但也有人喜欢。我只要做好我自己，好好写作，用心宣传，喜欢我的文章且愿意掏钱买书的人自然会买，不存在我要与谁竞争的问题。我做心理咨询也是如此，不是所有来访者都适合我，我也不适合所有的来访者，我们彼此适合的，就可以在一起工作。因为互联网的存在，作为一名心理咨询师，我面对的客户群是全世界需要心理咨询的人，我只要持续学习，不断增强自己的专业能力，找到宣传自己的途径，自然会有适合我的来访者找到我。我也不害怕有竞争对手，因为我最大的竞争对手是我自己，我要做的就是明天比今天进步一点。

文章开头提到的米米，当她的同事都在争抢大客户资源的时候，她已经通过学习提升自己，把自己变成了重要的人力资源，然后跳槽去做了喜欢的职业。也许过几年，她会创业，开一家公司或者与朋友合作，提供策划工作的外包服务，或者她觉得还有其他更喜欢的职业，她又改行了也说不定。她和她的那些抢客户资源的同事其实不在一个价值体系里面，米米处在多元的价值体系里，而她的同事还处在旧的单一的价值体系里。

我们这个时代，早已不是一大群人趋之若鹜走独木桥的时代，我们实现自我价值的方式有千万种，社会的价值评判体系也非常多元。对你而言，重要的事根本不是与他人争抢资源，而是把你自己变成某种不可或缺的重要资源，活出你自己。

王尔德说："诗人必须歌唱，雕塑家要用青铜思考，画家要让世界成为映照自己心情的镜子。这一切是确定无疑的，就像是山楂树必然要在春天开花，玉米在收获的季节会燃烧成金色，月亮在它日复一日的天空漫游中会由盈转亏、由亏变盈。"我们每个人的价值是如此不同，每一个人想要的东西也是不一样的。你是谁？你想要成为怎样的自己？世界很大，你努力发展你自己，成为你自己，不用迎合，也不用争抢，世界会给你想要的一切。

不争，也有属于你的世界。

_10年了，你们还好吗？

生活的残酷在于，有时候你会发现自己拼尽全力追求的梦想，想要拥有的幸福，是那些别人早已拥有并且感觉特别稀松平常的东西。

高中好友岚的丈夫V先生是一名程序员，在公司里负责境外的一些项目，工作异常忙碌。岚怀孕期间，丈夫经常出差，而岚一个人照常上班、下班，挺着大肚子为自己做晚饭。离预产期只有一周时间，相处多年、关系和谐的房东忽然要收回房子自住，而且很急迫，让他们夫妻即刻找新的出租房搬走，这让这对夫妻措手不及。两个人在网上找各种租房信息到半夜，利用中午休息的时间联系中介，只花了两天时间就确定了新家，因为孩子马上就要出生了，时间紧迫。租房合同还未签，当天夜里，岚的羊水破了，V先生打了120，用救护车送她到了医院。

这中间还穿插了一件小事。因为小区门口停放着私家车，救护车进不来。V先生大半夜在小区里找车主，在其他居民的帮助下，他叫醒了酣睡的车主，移开车，顺利将妻子送进了医院的妇产科。庆幸的是，生产过程很顺利，母子平安。

第二天，我和男友去帮他们搬家，刚刚签完租房合同的V先生与我们碰面，一脸倦容。他告诉我们，妻子刚生完孩子，身体还很虚弱，需要住院休息，而刚出生的宝宝不喜欢睡床一直在哭，他昨晚抱着新生儿睡了一夜。说着这些，他的眼中写满生活的疲惫与焦虑，也闪烁着初为人父的兴奋与希望。

在搬家的过程中，我一点点收拾和打包物品，想到他们遭遇的这一切，匆匆忙忙地租房、生孩子、搬家……忍不住难过地流下眼泪，而这对夫妻显然比我坚强和乐观，他们没有半点怨恨原来的房东不守承诺，反而觉得他也有自己的不容易，感恩这么多年他没有涨过房租，对他们给予了很多关照。

我想起他们结婚的事。三年前，他们打算结婚，但没什么存款，双方父母都是老实本分又贫穷的农民，拿不出给孩子结婚的钱，于是，他们两个人每月发工资后就为结婚做一点准备，六月拍婚纱照，七月买家具，八月买家电，九月买婚戒……就这样慢慢准备了10个月，然后两个人开开心心地结婚了。

这是我见过的最努力最浪漫也最让人无语凝噎的结婚过程，但岚只对我淡淡地说了一句："靠我们自己的努力结婚挺好的，在这个过程中，我们两个人的感情升华了，彼此更相爱了。"

有了孩子后，他们更努力地工作，希望存钱付个首付。我知道他们的梦想是在上海有个自己的小房子，为孩子建立一个遮风挡雨的幸福港湾，但面对高涨的上海房价，一没有父母支持，二两人只是工薪阶层，买房谈何容易。

岚曾和自己的上海同事讨论在郊区买房的事，当对方说自己打算在市区买第二套房子首付500万时，她竟不知如何作答。

生活的残酷在于，有时候你会发现自己拼尽全力追求的梦想，想要拥有的幸福，是那些别人早已拥有并且感觉特别稀松平常的东西。

在他们身上发生的事情如此触动我，是因为我知道，我和他们一样，我在他们身上看到了我自己。

两次高考，我都没有考上想考的重点大学。第二次填写志愿时，我还报考失误，以500多分的本科分数来上海念专科。当我发现很多上海本地的同学只要考300分就可以念这个学校，而很多外地同学和我一样则需要考500分才能念这个学校时，我感到迷惑不解，也感到隐隐的愤怒。

大学毕业两年后的一个寒假，我回自己曾经就读的县城高中缅怀青春，在学校走廊上看到当年那届学生高考的成绩和考取学校的公告，我发现几乎没有孩子考上重点大学，考上本科的孩子也不多。我瞬间明白，无论当年的我多么努力学习，考试成绩在年级排前几，我依然考不上重点大学，因为我们这个贫困县的中学的教学质量实在太差了。我第一次真切地明白了什么叫"教育资源分配的不公"。

上大学时，因为家里穷，我想减轻家里的负担，除了申请学校的助学金，努力学习争取拿奖学金外，还在校外做着各式各样的兼职，不畏酷暑地发传单，在卖场扯着嗓门做手机促销，在卖数据的公司打电话收集数据，在咖啡馆做服务生，在时尚杂志征订公司推销杂志……

还记得我有一次去打工，跟着一群人从车的后门挤上了拥挤的早班公交车。司机关门时，车门将我的右脚脚后跟夹住了，我痛得大喊，车开出了好几米，车门才打开，我才得以抽出受伤的脚。下车后，我蹲在路边哭了一会儿，想回宿舍，但又想着如果回去，那一天50元的工钱就没有了，还浪费了车钱。于是我抹掉眼泪，忍着疼痛，继续打工。

我念了三年的大专，娱乐时间很少，专科学习、本科自考、一份又一份的兼职让我的每一天都过得非常忙碌，我总是很紧张和焦虑，后来甚至习惯了这种同时干很多事情的紧张状态。

等我大学毕业时，遇到金融危机，专科的应届毕业生不好找工作，就算找到工作薪水也不高。我找了一份在广告公司写文案的工作，除了朝九晚五努力工作外，有一些广告片的导演会分一些文案私活给我做，周末我会在幼教中心兼职当老师，晚上还在网上写作。幼教中心的男老师曾开我的玩笑："找你这样的女孩当女朋友真好，对人热情，工作勤奋，又会想着怎么努力挣钱。"他哪里知道，我当初那么努力，只是为了让自己从贫穷和自卑中挣脱出来。

后来，我换了几份工作，薪水也涨了不少，加上写的文章集结出书，我的生活变得越来越好。谈恋爱，辞职做自由撰稿人，接受心理咨询师的培训，边学习边实践，开始按照自己的心意生活……我终于能够长呼一口气，休息一下的时候，转眼已经到了30岁了。

2006年，我从农村来到上海念大学，转眼10年过去了，这10年我以自己的方式成长，少女时代的梦想一一实现，现在我是个出了几本书的作家，做着喜欢的自由职业，为自己在小镇上挣到了50平方米的小房子，有一个彼此相爱的伴侣，但这些不是最重要的，最重要的是我在这10年间不断成长，挖掘自己的潜能，做更好的自己。

我知道自己是被命运眷顾的人，我也知道很多同我一样的年轻人无法挣脱施加在他们身上的命运的枷锁。很多从农村出来在大城市打拼的孩子，上着普通的大学，毕业多年依然做着月薪三四千的工作。几年过去了，恋爱没有着落，工作不咸不淡，30岁的他们有很多的迷茫与焦虑。

我有一个来访者29岁，是一个从农村进城的女孩。当她大学毕业时，周围的来自城市里的孩子因为有本地户口以及父母的人脉，进了大型国企、著名外企，她急着养活自己，在一家私企找到了一份销售助理的工作，然后一点点努力。多年来，她工作得很不开心，因为大城市的高生活成本，工作多年的她也没有多少积蓄，大龄单身的她又被家人催婚，同时父母一天天老去，没有退休金的他们也需要她赡养。她焦虑不安，内心又非常自卑，她对我说，她不知道自己该往哪里走，她前面的路好像弥漫着大雾，她想后退，可后面又好像有万丈深渊。

另一名来访者，是从农村进城的男生，30岁，每天工作都很忙，一周要加班四五天，晚上回到家还会看一个小时的书，周末读在职研究生。他是个努力上进的年轻人，然而他仍然漂在上海，没有房子，没有车子，没有女朋友，月入六七千，不敢出国旅行，平常的娱乐就是打打游戏、看看美剧和朋友一起聚餐，多年来快节奏的工作还让他得了胃病。他找我做咨询是因为找不到生活的意义，他对自己的前途感到很悲观，认为未来不会更好只会更糟，他开始厌倦努力，觉得一切都毫无意义。

在北京，在上海，如他们一般的年轻人，多得数都数不过来。

我有时忍不住怀疑，很多人的心理困扰是现实压力、社会体制造成的，心理咨询能帮他们多少呢？如果他们的物质条件改善了，很多问题都可以解决。心理咨询是不是要教他们学习如何更好地面对现实？接受发生在自己身上的这一切？

作者摩罗在《我是农民的儿子》中写道："所有的农民都本能地希望通过儿子考学进城改变家族的命运，可是所有这些努力都不过是复制电影上流行的'你撤退，我掩护'的故事模式，留下来作为后盾的不堪一击，固然难免一死，逃脱者面对亲人的沦陷如此无能为力，也只能痛不欲生地仰天长嚎。"

我的那些没有考上高中的堂哥堂姐表弟表妹，他们的生活又是怎样的呢？他们初中毕业，有的念了技校，有的连技校都没有上，他们在制鞋厂、电子设备厂、绣花厂等工厂打工。他们除了年轻，没有学识，没有资源，没有一技之长，他们很多人要么早早结婚生子，要么因为贫穷三四十岁还是光棍一条。他们生下的孩子极少自己养育，大多留给农村的父母照顾，结果农村现在都是老人和留守儿童。他们不像自己的父辈那样会种地，受到城市高消费生活方式的影响，玩网络游戏，买最新的电子产品，穿品牌服饰……他们打工也赚不了几个钱，如果工厂的经济效益不好，生活更是艰难，根本存不下钱，孩子的生活费有时还需要农村的父母干农活补贴。他们结婚、外出打工、制造留守儿童……

我和一些心理咨询师朋友在一起讨论这个问题时，大家无不忧虑地说，留守儿童的身心健康是一个大问题。

有一天，好友岚在她新租的房子的床上兴致勃勃地对我说，V先生工资涨了多少，他们存了多少钱，准备什么时候在上海买房，大概可以买多少平方米的房子，以后他们的孩子可以在上海上幼儿园，他就是上海人了……看着她充满希望的眼神，我真心为她感到高兴。

反观我自己，离开农村，在中国最大的城市之一的上海生活了10年，我和上海人有一样的生活方式，早上吃着生煎小笼包，坐着地铁上下班，周末在公园里散步，但我至今没有融入这座城市。我在大城市里没有归属感，我身上的农民的烙印仍然非常明显，勤奋，过分节俭，讲话有口音，喜欢有绿树的地方，看到地铁里有妇女动手打架还会上去拉架……我知道我并不想成为上海人，我还时不时地想回到农村生活，但又觉得不太可能，因为农村没有互联网，没有图书馆，没有电影院，没有24小时热水的家……只有越来越多的荒地和破败的房子。

我知道，很多从农村进城的孩子都和我一样，既回不去，又没法在城市里安家，感觉自己漂泊无根，对未来有很多的迷茫和无望。

10年，从农村进城的孩子，你们还好吗？

PART 3

情场也是
道场

/
/
/

　　爱是一门艺术，也是一门需要终生学习的功课。如何更好地去爱，去付出，如何与所爱之人相处，如何为爱承担和负责，如何在爱中保持自我……我们要学习的还有很多。

_如果你爱我……

女同胞们要牢记《大话西游》中唐僧的教诲：你想要哇？你要是想要的话你就说话嘛，你不说我怎么知道你想要呢。虽然你很有诚意地看着我，可是你还是要跟我说你想要的。

某一天的黄昏，我刚做完牙科手术从医院回到家，麻药的药效已退，阵阵疼痛袭来，再加上出门奔波了一天，整个人疲惫不堪。回到家，男友既没有烧水，也没有做饭，他见到我的第一句话是："今晚我们吃什么？"看他的表情，似乎在等着我给他买菜做饭。当时我的想法是：他怎么这么不理解我，这么不关心我，还指望我给他做饭。更要命的是，身为文艺青年的我开始脑补一个电影画面：《春光乍泄》中何宝荣推醒高烧不退的黎耀辉，对他说："起来做饭啦，我两天没有吃饭了，好饿。"于是，黎耀辉挣扎着起来，裹着毯子在灯光昏暗的厨房里给他做饭。这个画面真是说不出的悲凉。电影里，张国荣饰演的何宝荣虽然凉薄，但人家好歹还是一个帅哥，再对照现实中我的这位男友……唉，我当时真是万念俱灰，心碎、绝望等词汇都不足以形容我那时的心情，我觉得眼前这个男人不能要了，这日子没法过了。

我越想越伤心，泪水涟涟，我那傻男友站在边上，完全不知道发生了什么事，他又急又恼。我开始细细跟他诉说自己作为女人的这些心事：我期待回到家里，你已经做好饭菜等着我；我希望回家的时候，你能对我嘘寒问暖，关心我的病痛。如果你爱我，你就会这样做，可是你没有，这让我感觉你一点都不爱我，只知道让我为你付出……男友在一旁听了我的话，又好笑又委屈地说："可是你的这些想法你都没有说，你不说我怎么能知道呢？"然后，他开始撒娇卖萌："哎呀，人家恋爱经验太少，你就见谅啦，以后我一定好好学习！"紧接着，他又拍胸脯说："我这就给你做饭去，你说你想吃什么，我都给你做！"我这才破涕为笑，心中所想也由"这日子没法过了"变成"这日子又充满希望了"。

当时，我们在这件事情上进行了很多沟通，我期待一回到家就已经有热饭热菜等着我，但我并未告诉男友，他也完全没猜到我有这样的心思。他问我"今晚我们吃什么"，并不是想让我做饭，而是通过我的回答，他才能够决定买什么菜。之前在电话里，他已经关心过我做牙科手术的事情（因为矫正牙齿，我已经看了快一年的牙医）。另外，那天我回家的时间比我们平时吃晚饭的时间早，他以为等我回来再做饭更好。总之，就是无数的"我以为"和"他以为"交织在一起，导致信息解读错误，彼此产生误会，使我伤心、让他委屈。

　　这看起来似乎是一件小事，却让我对自己的认识、对两性关系的理解又深了许多。我想起身边的女朋友们经常向我抱怨她们的另一半。

　　"如果他爱我，他就不应该走在街上看其他漂亮的女人。"

　　"如果他爱我，他会知道情人节要送什么礼物给我。"

　　"如果他爱我，不用我说，他就能理解我的心情，就会来我的身边安慰我。"

　　"如果他爱我，都不用我开口，他就能知道我想要什么，他就能满足我的需要。"

　　天哪，全部都是"如果他爱我，他就会为了我如何"的想法，而且每一个人都振振有词，一副真理掌握在自己手中的样子。我们这些女人都把男人当成什么了？当成神吗？

　　我想起自己小时候对父亲的那份"如果他爱我"。那时我才十二三岁，特别希望父亲给我买书，特别想让他送我一个书架，但我从未开口提出自己的想法。我常常在他面前拿着一本借来的书，边看边说"这是借来的书，要赶紧看完还掉"，或者说"我的书没地方放了"。我总是这么委婉地表达自己的需要，从不敢大声又直接地说出真正想要的东西。父亲始终没有明白我那隐晦婉转的话语到底在表达什么意思，所以一直没有给我买书和书架。"如果他爱我，他就会为我买书和书架，可是他没有这么做，他是不是没有那么爱我？"带着这份对父爱的怀疑和由此带来的失落感，我后来再也没有提买书和书架的事情。

十几年过去了，我跟父亲提起此事，他完全不知道原来我还有让他买书和书架的愿望。想想我当时真是傻，那时父亲天天工作到天黑才回家，要养家，要供两个孩子上学，而且我还常常因为感冒发烧需要他在医院照顾我，他哪里有时间和心情与我玩"你猜你猜你猜猜猜"的游戏。更气人的是，我至今还在玩这个游戏，怎么没有一点长进?！

有个男性朋友请了一位帮忙做饭的阿姨，有一件事让这位阿姨感到非常委屈，每隔几天都要和我朋友念叨一遍：二十年来，她的老公从来没有在早上起床为她做过一次早饭。朋友问："你向他提过这个要求吗?"她答："这还用说吗? 如果他心里有我，根本不需要我说。"

又是一个"假如他爱我，就应该不用我说也知道我的需要"的例子。

"假如他爱我，就会为了我如何"，很多女性在婚恋中吃尽了苦头就是因为抱着这种心态。她们为何会认为假如对方爱自己，就会对自己的心意明察秋毫呢? 她们为何对另一半有如此不切实际的期待和要求呢? 爱你的人并非你肚中的蛔虫，他不可能把所有的注意力都放在你的身上，他怎能知道你所有的需求，怎能理解你所有的需要，而且还是在你什么都不告诉他的情况下?！

更有趣的是，如果你建议女人开口向自己的男人提要求，她会说："如果他真的爱我，真的在乎我，就应该知道我需要什么，还要我说吗？还需要我开口吗？"更吊诡的是，当男人倾听了她的表达，按照她的需要满足她时，她又开始作天作地："要来的，有意思吗？为什么我开口要你才能给，看来你心里还是没有我！你根本就不爱我！"

很多女性在亲密关系中，总会对对方有不切实际的过高期待，以为自己什么都不说，对方就能完全明白自己、理解自己，心有灵犀一点通。如果你这样想，那你不是把对方当作人，而是把对方当成了神，因为只有神才知道你所有的需要，而且这世上哪有那么多应该的事情呢？如果你继续抱着这样的认知，在现实的婚恋中，你们的关系往往要触礁沉船。无数痴男怨女正是因为纠结于"如果他爱我，他就该如何"，然后对方没有做到，最终分道扬镳。

为什么这么多女性会对男人有如此不切实际的期待和要求？为什么这么多女性要求自己的男人像后宫戏中俯首帖耳的贴身小丫鬟那般细致和体贴？是因为美国的浪漫爱情电影看多了？是受了韩国又长又煽情的爱情剧的影响？还是因为亦舒和琼瑶的爱情小说的熏陶？实在不得而知。为什么女人不向另一半直接表达自己真实的需要？是不愿意还是不敢？是因为女性内在爱的匮乏和自卑心理，还是因为她们习惯了压抑和委曲求全，习惯了被动等待而不是主动争取和解决问题？我想，回答这个问题时我们需要自己去品一品，去更多地认识和理解自己。

吴淡如在《嫁给谁都幸福》一书中讲了女人丝琴的故事。当护士的碧荷在医院里遇到独自来看病的初中同学丝琴，原来丝琴得了癌症，在医院做化疗。化疗很痛苦，很少人是自己一个人来。

"怎么没有人陪你来？"

"唉，因为我没有告诉任何人。"

"啊？"

"孩子才念小学，我不想让他们知道。小孩曾经问我：'妈妈你怎么越来越瘦？'我还骗她我在减肥。"

碧荷问："你先生呢？"

"我没让他知道。"

"什么？"碧荷很震惊。

"我们的关系已经很冷淡了，让他知道未必好。"丝琴说。

"离婚了吗？"

"没有啦！"丝琴惨然一笑，"不过也差不多了。"

"为什么不说？"碧荷有点生气，"告诉他，叫他来照顾你呀！如果老婆得了癌症，他都不愿照顾，这样的男人要他做什么？"

"我不敢说……我就是怕说了，他也觉得无所谓。如果是这样的话，我的心里更受伤，不如不说……"

吴淡如在这个故事后面这样评论："什么都不说，也不为自己伸张正义，谁知道她的苦？一味忍辱负重，常会造成身边的人厚颜无知！难道要一路忍到与世长辞？"

"女人不要什么都不要求，适度要求可以增加男人的生活功能。

有的男人真的迟钝（包括你的父亲、老公、儿子……），不要求，他们真的不会感觉到你在求助。"

很多女人怪男人不懂自己，不理解自己，其中有个重要的原因是女人没把自己的想法告诉男人，或者她告诉了对方却没有说清楚。明确直接地表达自己真实的需求其实更能让男人理解你、满足你。你要对方怎么对待你，你可以教他，明确直接地表达自己真实的需求，告诉他你喜欢什么样的相处方式，远比让他来猜你的心思和意念来得更加简单高效。

表达的时候记得掌握具体化原则。与其抱怨"你不懂得关心我，都不帮我干点家务活"，还不如直接给指示，"帮我把碗洗了，帮我把垃圾倒了"。当对方这么做的时候，如果你还不忘给他一个吻或者称赞一下进行行为强化，保证效果杠杠的！

表达时注重将对方的行为与带给你的感受相连会让男人更好地理解你，明白怎么回应你。比如，当你说"如果你开车送我回家会让我感觉你关心我，我喜欢你这么做"，就比你说"你这人不会关心别人，只顾自己，你心里到底爱不爱我"更能让男人清楚要怎么做。针对行为和感受的表达方式比评价他这个人来得更准确和有效，男人更愿意为此行动和改变。

心理咨询师曾奇峰在自己的一篇文章中写道："一个成熟的女人说，我用了婚姻中的15年时间，终于知道了，男人是不具备了解女人的能力的动物，如果我不说，他就不会知道，也不会做，所以，我现在要什么，就直接、清楚、具体地告诉他，结果是他可以做得让我很满意。这虽然少了一些猜测的神秘与浪漫，但增加了很多理解与和谐。"所以，女同胞们要牢记《大话西游》中唐僧的教诲：你想要哇？你要是想的话你就说话嘛，你不说我怎么知道你想要呢。虽然你很有诚意地看着我，可是你还是要跟我说你想要的。

为什么在婚恋中积极沟通，直接和坦诚地表达自己真实的需要、想法和心意如此重要？一切都是为了彼此理解，是为了心灵的靠近，为了关系中的两个人都更快乐和幸福。人与人相互理解是非常困难的，因为每一个人的认知、价值观、思维方式、看问题的视角、所受的教育、成长背景、地域文化等都是不同的，异性恋还要再加上性别的差异，就像日本著名的心理治疗师河合隼雄说的那样：理解别人是豁出性命的工作。人与人之间不理解是必然的，理解是偶然的、相对的，而且需要彼此共同付出努力。正因为如此，我们更需要积极沟通，懂得换位思考，学会真实地表达自己的感受和需要，学习如何让他人更好地理解自己，同时学习如何更好地去理解他人。恋爱中的双方彼此理解，两颗心才会靠近和融合，这段关系才能变成各自的滋养而不是负累。

假如当你表达了自己真实的需要，对方仍然不行动起来满足你，或者他知道之后没有办法和能力满足你，别忘了你还有你自己呢！等着别人爱你，不如你先来爱自己。想一想，你会如何爱自己？

_爱Ta，就听Ta说

讲道理并不是最好的方法，有时还是最差的方法。道理让其他人去讲就好，你要做的就是让你爱的人知道你与Ta是"一国"的，你坚决站在Ta那边。

马克和贝尼诺本是萍水相逢的两个男人，但女人们让他们的生活有了交集。马克的女友莉迪亚是一个英姿飒爽的职业斗牛士，在比赛场上发生意外变成了植物人，贝尼诺是莉迪亚接受治疗的这家医院的护工。马克每天来到这里，盼望莉迪亚能苏醒，而贝尼诺也在这家医院里守护着自己心爱的姑娘阿里西亚。阿里西亚是一个跳芭蕾舞的年轻女孩，贝尼诺曾经住在她的舞蹈室的对面，每天对着她翩翩起舞的身影心动不已。当阿里西亚遭遇车祸变成植物人后，深深暗恋着她的贝尼诺每天都对她说话，他坚信她能听到，几年来，贝尼诺的信念从未动摇过。这个故事出自西班牙电影《对她说》，是一部讲述两性沟通的影片，我个人很喜欢。

达成沟通的基本条件有两个，首要的是要有沟通的意愿，其次才是说什么和怎么说。我相信爱情产生时，沟通的意愿就产生了，表达的冲动就生发了。不信你翻开小说、诗歌看看，你会发现它们大多与爱情有关。你走到街上，听听那些呢喃的声音、喁喁的低语是不是都来自热恋的人们，而那些生着闷气或者彼此有罅隙的恋人大多沉默不语或者冷战？是越相爱的两个人说得越多，还是两个人说得越多越相爱呢？这是一个有趣的问题。

爱Ta，就对Ta说，把你成长中的故事与Ta分享，把你内心的需要和渴望告诉Ta，把你对Ta的爱恋表达出来……你说得越多，对方对你的认识和理解才会越多，你们的关系才会越亲密，但如果大家都在说，那谁听呢？太多人只知道倾诉，而忘记了倾听。

王小姐最近想要和恋爱了半年的男友分手，因为她实在受不了每一次跟男朋友谈话，他都要给她建议。她向他抱怨单位领导对自己不公平，偏心另一个女同事，他不是说"你太敏感了"或者"其实也没有那么糟"，就是建议怎么让领导公平地对待，她应该怎么做。她苦恼地说，自己不知道挑选什么礼物送给过生日的朋友，男友会说"你可以买衣服买包包"或者"你可以在网上求助其他人"。王小姐不断跟男友说，"我只是想倾诉一下，你不需要给我建议"，男友却觉得委屈不已，"我这可都是为了你好"。王小姐是个自主性比较强的女生，不喜欢别人对自己讲大道理和给建议，尤其是自己的男友，而她的男友始终学不会仅仅倾听不给建议。于是，因为诸如此类的事情，两个人经常争吵，影响了彼此的感情。

　　女神娜娜某一次带着男友去参加朋友们的聚会，其中一位女性朋友在与娜娜的男友聊天的过程中因为某件事观点不一致发生了争执。这个女生气愤之下开口骂人，于是，娜娜的男友生气地独自离开。娜娜当时也生气，她不仅不理会男友，聚会结束回家后还狠狠教育了他："你怎么能这样呢？你作为一个男人应该……这是件小事，为什么你不……"没想到，男友越听越生气，两个人为此大吵了一架。

　　关于给伴侣提建议这件事情，我在自己的亲密关系中也深有体会。记得有一次我新买了一双凉鞋，穿着磨脚，向男友抱怨了几句。他低头想了一会儿，认真地对我说："忍着，忍到起茧就不疼了，我看到有的女人就是这样。"看他这么费劲给建议的样子，我忍不住笑起来。我想起男友讲他在单位里遇到的一些烦心事，比如他抱怨客户难搞、供应商做事拖沓等，我也喜欢给他建议，说你可以怎样做，你不要被别人影响等。通常他也不愿意多听我说，因为这些建议和道理他早已知道。

　　在大多数情况下，当你的伴侣向你倾诉或者谈论Ta的一些事情的时候，Ta根本不是让你想解决方法，你只要做一个好的倾听者或者提供一个温暖的拥抱就好了。但我们在亲密关系中，通常不是做得太少，而是做得太多，给对方很多的建议和大道理。

　　心理学家在临床工作中发现了一个重大的两性差异：与男人相比，女人对给出建议更敏感。当女人向男人倾诉自己的烦恼时，如果男人立刻给她出主意，通常女人的反应会比较消极，而男人对于别人即刻给出解决方法的做法会更加宽容一些。尽管如此，当男人向妻子倾诉或者吐槽工作中遇到的困难和压力时，还是更喜欢得到妻子的同情和理解，而不是得到解决问题的建议。这样看来，男人和女人都不太喜欢倾诉烦恼时，别人即刻给建议。

王小姐对闺密们说起自己与男友沟通时存在的问题：其实，我男友只要听我说，然后适当点点头，或者说一些"哦，真糟糕""宝贝，你好可怜"之类的话，我就很开心了。女人要的不就是这些吗？为什么男人就是做不到呢？

和女人相比，男人更喜欢给人建议，我们似乎可以从进化心理学的角度来解释这一性别差异。在原始社会，男人负责狩猎，他们需要全神贯注，紧盯着猎物。在狩猎的过程中，会遇到很多问题需要即刻解决。所以，在进化的过程中，男人形成了以目标为导向解决问题的大脑，他们单线思维，解决问题的能力更强。女人因为负责采集的工作，还要养育孩子，与其他女人聊聊天，八卦下部落里发生的大小事情。所以，在进化的过程中，女人形成了富有同理心，注重情感和关系的大脑，她们发散思维，给他人情感支持的能力更强。但无论是男人还是女人，都需要被他人倾听、理解，需要他人情感上的安慰和共情，这是人类的普遍需要。人类是需要爱的生物，爱就像吃饭、喝水、睡觉一样对我们来说是必需品。

所以，当你的伴侣向你倾诉烦恼时，无论是工作上的还是生活中的，你为了帮助和支持Ta，有个基本的原则要遵守：倾听必须先于提出建议，理解也必须先于提出建议。切记，不要即刻给出建议，尤其是当女人向你倾诉烦恼时，除非她开口要建议。很多女人仅仅只是说出自己的烦恼，她的情绪就会好很多。所以，你会看到有的女人喜欢一遍遍倾诉自己的烦恼，然后慢慢就平静了下来，因为她在倾诉的过程中进行情绪的疏泄和疗愈。

说回娜娜的故事，她对我讲述与男友争吵的故事，她说自己感觉很委屈，男友不顾她的感受，她指出他的问题，他还不认错，并且对她很凶。我问她："如果是你和你男友的朋友吵架了，你希望他说你这里不对，那里不对，还是跟你站在一边，一起骂那个男人是'世纪贱男'？"她说，她当然希望他站在自己这一边，力挺她，但面对他的事情时，娜娜又觉得要"帮理不帮亲"，男友的做法就是没道理。我说："你男友希望你先不要讲什么大道理，先站在他这一边，你们是'一国'的。在亲密关系里，讲大道理是没有用的，你要做到'帮亲不帮理'，'即便你错，我也和你在一起'，这个态度很重要，你要同情他、支持他。"

曾经有男性网友在我的广播下面留言：我的女友向我抱怨她的上司，我也和她一起骂她的上司吗？底下的女性网友纷纷留言：必须骂，狠狠地骂，绝对要跟着她一起骂，骂完以后亲亲抱抱她。

当你的伴侣为一些事情烦恼时，无论是小事还是大事，你都要站在Ta那一边。不要讲道理，讲道理并不是最好的方法，有时还是最差的方法。道理让其他人去讲就好，你要做的就是让你爱的人知道你与Ta是"一国"的，你坚决站在Ta那边。

有"婚姻教皇"之称的心理学家约翰·戈特曼教授说："积极倾听是婚姻问题治疗中的经典技巧，也是首选技巧。"他给出了积极倾听的几大步骤：

1.轮流说。

2.不主动提供意见。

3.表示你真的感兴趣。

4.表达你的理解。

5.站在配偶这边。

6.表达一种"我们一致对外"的态度。

7.表达爱慕之情。

8.正视你的情感。

举一个例子。你的女友说她今天早上因为迟到了五分钟，被她那个控制欲很强的领导当面批评了，这时，你不要给她建议，"明天你不要迟到就好了"，"你可以换一份工作"，你要表示你真的感兴趣，适时点点头，表示很理解，"哦，真糟糕，遇到这样的事情真的很烦"。你要站在她这一边，如果你不想帮着她指责她的领导，你可以说"宝贝，你好可怜。亲爱的，你受苦了……"然后，用拥抱、亲吻和各类甜言蜜语表达你的爱慕之情，比如"我爱你""来抱抱"之类的，最后表达你理解她的感受。这时候，如果她需要建议，你再给出，她的接受度就会比较高。

　　听起来是不是也没有那么难？但其实并不容易，很多人往往喜欢给建议，而做不到倾听和理解。因此，想要拥有和谐幸福的亲密关系需要用心学习和经营。

　　再强调一句，当伴侣向你倾诉烦恼，你要做的是理解和支持而非急着给建议。也许Ta要的只是一个可以哭泣的肩膀，一双可以拥抱Ta的臂膀，或者仅仅是听Ta说就够了。

　　爱Ta，就听Ta说，倾听就是爱，爱比给出建议更能拉近彼此的距离。

_女人的终极归宿

我想，女人的归宿，既不是自己，也不是男人或者爱情，而是在独立的自我与热闹的关系中寻求一个平衡。一个女人若只有自己，恐怕实在太寂寞了，但只活在关系中，恐怕又实在太痛苦了。

"有本事的男人真叫人钦佩，好比一棵大树，咱们妇孺在他的荫蔽下，乘凉的乘凉，游戏的游戏，什么也不担心，多么开心。"当我在亦舒的《她比烟花寂寞》中看到这句话时，忍不住哈哈大笑起来，因为她写出了多少女人终生的梦想啊！

找个有本事的男人做自己的大树，在他的树荫下永远安全、开心地生活，这是无数少女曾经拥有的梦想。但随着时光的流逝，少女们长大了，她们中的一部分人从这样的幻梦中清醒过来，知道并不是所有有本事的男人都愿意做这样一棵无条件为你遮风挡雨的大树，也认清自己没有那样的条件和能力让"大树型"的男人专为自己守候。于是，她们放弃依赖，开始迈开步子奔跑，努力成长，将自己的根茎扎下大地，将自己的枝丫伸向蓝天，接受骄阳与风雨的洗礼。然后成长为一棵枝繁叶茂的大树，与"大树型"男人并肩站立于生活之林，他们各自独立，遥遥相望，同时携手并肩对抗生命中的那些暴风骤雨。

另一部分少女虽然也长大了，但还怀揣着找一棵大树依靠的梦想，她们不愿意独立，也害怕独立，期待一劳永逸式的救赎，渴望生命中的大树就像灰姑娘渴望王子到来——邂逅王子，从此携手过上幸福快乐的日子。很多人在这样的期盼和等待中蹉跎了年华，辜负了自己。

心理学上有个术语叫"灰姑娘情结"。美国作家柯莱特·道林解释很多女性有这种情结是出于"女性对于独立的畏惧"——她们更倾向于以与男人的关系定义自己，而怯于追寻内心真正的自我。

《她比烟花寂寞》中的女星姚晶身上就有很大一部分"灰姑娘"的影子。她16岁开始在娱乐圈摸爬滚打，她抛夫弃女，无视同胞之情，苦苦打拼，在灯红酒绿的娱乐圈中做到没有绯闻，形象良好，演技精湛，成了无数少女前呼后拥的偶像，也令无数男人为之倾倒。但她却是寂寞的，这寂寞源于她将面子看得比天大，背负了太多的秘密，掩盖了太多的真我。这寂寞更在于她将自己所有的人生寄托在一个男人身上，寄托在一桩婚姻里。"她要一个有资格知道、有资格宽恕的男人真正地原谅她，虽然她并没有做错什么。"

后来，她嫁给了家世、学识都一流的将门之后张先生，将他视为拯救自己的"王子"，可"王子"虽然是一个大律师，却是无法独立的绣花枕头，在母亲面前连个"不"字都不敢说。脱离家庭，他便什么都不是，而且他还是个花花公子，婚后不久便另结新欢。他们住的豪宅每个月的房租都是她支付，无论在物质上、精神上，他都无法安慰她，然而，这般有名无实的残破婚姻，她却仍不舍得放手。

虽然书中讲姚晶的人生悲剧是她的性格使然，但我从中看到20世纪末的香港所经历的时代变迁，新旧价值观的更替以及女性在确立自己人生价值时的迷茫和振荡。姚晶通过自己的打拼，获得经济独立和社会地位，内心却仍然自卑和好面子。她有前夫、和前夫生了女儿这些统统不能对人言，这些本是很普通的事却被她视为秘密。她将找个有钱有地位的男人视为此生的寄托，婚姻已名存实亡却要守着一个美满婚姻的框架不肯离婚。

她是能干的，独立的，美丽的，是新时代的女性，但她也是旧时代女性，渴望找一个有钱有势的男人当大树般依靠，她以婚姻定义自己，以男人定义自己，内心充满了犹豫、挣扎和寂寞。

在如今的中国，这种情况似乎也普遍存在，我看到不少受过高等教育的职业女性一方面觉得女人要独立，但另一方面又认同女人一定要靠男人才能活得好，她们不相信自己有能力活得好。很多女性虽然表面上认同男女平等，但在内心似乎还深深地认定嫁对一个男人，即嫁给一个可以依靠的男人才是女人幸福生活的最终归宿。很多受了现代教育，经济独立的女性都逃脱不了这种狭隘的心理。所以，即便她们经济独立甚至有房有车，还是一直期望有一个强而有力的男人驾着七色彩云出现在自己的生命中，救赎她们，从此带她们过上好日子，结果往往事与愿违。

其实，女性真正独立并不仅仅体现在经济独立上，更体现在人格和心灵的独立上。

《她比烟花寂寞》中的姚晶英年早逝，将20万美金留给了只见过两面的女记者徐佐子。通过抽丝剥茧般的调查，那些前尘往事也在不知不觉中影响了徐佐子的人生选择。

徐佐子是个经济与人格都算独立的现代女性，原有个小说家的梦想，她将之与嫁人对立起来，迟迟不愿与相恋三年的男友结婚："非得好好地做个家庭主妇，养下两子一女或更多，把屋子收拾得干干净净，指挥用人司机……也不是不好的，只是我的小说呢，小说还没开始写呢。就这样放弃？也许可以成名，也许可以获奖，太不甘心了。"

后来，当徐佐子看到姚晶死后没有人想要她的遗产，她与所有朋友、家人关系淡漠，连亲生女儿也与她关系疏离，除了一屋子华服，什么都没有，将这些留给女儿还被女儿嫌弃时，徐佐子敞开心扉，对爱人哽咽着说道："当我死的时候，我希望丈夫、子女都在我身边，我希望有人争我的遗产。我希望我的芝麻绿豆宝石戒指都有孙女爱不释手，号称是祖母留给她的。我希望孙儿在结婚时与我商量。我希望我与夫家所有人不和，吵不停嘴。我希望做一个幸福的女人。"

她还说："我不打算做现代人了，连生孩子都不能叫痛苦。希望能够坐月子，吃桂圆汤。我不要面子，任你们怎么看我，认为我老土，我要做一个新潮女性眼中庸俗平凡的女人。"

亦舒借小说说出了一句大实话："至紧要的是实惠，背着虚名，苦也苦煞脱。"生活是自己的，而不是做戏给外人看，假若外人看着你的生活光鲜亮丽，而你真实的生活却比烟花寂寞，那真是将自己活成了一个笑话。

反观现实生活中的亦舒，她结过三次婚，十几岁便早婚生下一个男孩，第三次婚姻嫁给了原港大教授梁先生，两个人移民加拿大，亦舒又以高龄生下女儿露易丝。到了晚年，她既是硕果累累的小说家，也有丈夫、女儿陪伴在身边。既拥有肆意癫狂的青春，也有平静和美的晚年，真是不枉此生啊！

独立与依赖，自我与关系，也许不仅仅是女人一生的议题，也是男人一生的议题。

我想，女人的归宿，既不是自己，也不是男人或者爱情，而是在独立的自我与热闹的关系中寻求一个平衡。一个女人若只有自己，恐怕实在太寂寞了，但只活在关系中，恐怕又实在太痛苦了。一个女人，要有自己的事业、独立的人格，去创造自己存在的价值，用独立而真实的自我去吸引他人，建立关系。同时，要能处理好与爱人、孩子、公婆的关系，在关系中看见自己、修炼自己，感受人与人之间的热闹与温暖，有自己独立的精神内核而不会在关系中迷失。我想，这就是女人最大的胜利。

_给对方想要的，你的付出才有价值

"爱"并不像小品中说的那样，一个人把自己最爱的东
西让给对方，而是给对方他真正爱的东西。

有一些读者给我写信，抱怨自己在感情上付出、奉献，对方却不懂得珍惜和回报，对自己的付出视而不见，甚至认为是理所当然的。写这些来信的，有男性也有女性。比如有的男性会说，为了妻子和家庭，自己每天忙着工作，努力挣钱，早出晚归，有时还逼迫自己与客户喝酒应酬，妻子却看不到自己的付出。回家常常看到妻子一张怨妇脸，还经常吵架。有的女性则说，为了丈夫和家庭，自己不仅白天上班，下班之后还将家里打扫得干净整洁。每天早起，为家人做早餐，晚上匆匆下班，为家人准备晚餐。可是丈夫不仅看不到自己对家庭的付出，还变得越来越懒惰，越来越不爱回家。

为什么在情感关系中一个人的付出换不来对方的感激，也换不来对方同等的回报，而且有的时候还会让彼此的关系出现问题，夫妻关系变得更加疏远呢？有的人因为有过这样的情感经历而得出了一个结论：这段感情之所以失败就是因为我付出太多了，我输就输在全心全意地付出。

事实真的是如此吗？令人怀疑。

前段时间，男友推荐我看一个小品——《情感快递》。它主要讲一对夫妻感情出现危机，两个人分居，正在闹离婚，一个住楼上，一个住楼下，两人通过热心的快递员传话修复了彼此的关系。

这对夫妻矛盾的焦点在哪里呢？妻子嫌弃丈夫睡觉打呼噜，不帮忙做家务；丈夫则认为妻子太作，三天两头跟他胡闹，弄得他不得安宁。他们跟大多数夫妻没什么两样。

故事中，女人委屈又愤怒地让快递小哥发一份MTV格式的快递给丈夫："咱俩结婚10年，你挑战了我10年，我哪次说话你听过，我哪次说话你信过，我哪次说话你走过心。还有我跟你说过一万遍，我不爱喝露露，我不爱吃梨，我不爱喝露露，我不爱吃梨，我不爱喝，呕……不爱吃梨。这两样你能不能记住，能不能？！"

丈夫爱吃梨，于是一直给妻子买梨吃；妻子爱吃枣，于是一直给丈夫买枣吃。这才是这对夫妻发生矛盾的根本原因。他们给予对方的东西不仅不是对方想要的，甚至还让对方深恶痛绝。

快递小哥为了修复他们的关系，讲了一个老掉牙的故事："有这么一对老夫妻，在一块儿生活了60年。老两口特别爱吃鱼，老头给老太太夹了一辈子鱼尾，老太太给老头夹了一辈子鱼头。有一天，他俩约好，这回谁也不给谁夹，自己吃自己的。鱼做好了，老头上去把鱼尾夹到自己碗里，而老太太则夹了鱼头。两人边吃边笑，其实老太太一直爱吃鱼头，但却吃了一辈子鱼尾，而老头爱吃鱼尾，但却吃了一辈子鱼头。就这样，两人一起生活了60年，忍让了60年，这是什么？这是爱！两人都把自己最爱的东西让给对方。"

快递员讲这一段话时，配上了非常煽情的背景音乐，许多观众看到这里都感动得流泪。这对夫妻重归于好，相互依偎着，妻子吃着丈夫爱吃的梨，丈夫吃着妻子爱吃的枣。

为什么我要花这么多文字描述这个小品呢？不是我对这个小品有多欣赏，恰恰相反，我是想批评这个小品传递了一种关于爱的错误观念，而很多人正在用这种错误的观念经营亲密关系。

这个小品让我看到人们是如何定义"爱"的，并且这个定义是如何破坏原本美好的关系的。妻子爱吃鱼头，却因为伴侣吃了一辈子的鱼尾；丈夫爱吃鱼尾，但却因为伴侣吃了一辈子鱼头。厌恶吃梨的妻子因为丈夫吃了10年的梨，不喜欢吃枣的丈夫因为妻子吃了10年的枣。这些哪里叫"爱"？简直就是人间悲剧，而且是自己制造的悲剧！如果这叫"爱"，我只能说这是愚蠢的爱！

　　家庭治疗大师、国际著名心理治疗师萨提亚讲过一个关于菠菜的案例。一对夫妻来找她做咨询，他们对婚姻感到不满意有20年了。在咨询的过程中，萨提亚要求他们坦诚地说出怨恨对方的事。这位丈夫情感大爆发，大哭起来："我希望你不要总给我吃那讨厌的菠菜！"妻子听了之后震惊不已，回答："我憎恨菠菜，但我以为你喜欢，我只是想让你高兴。"萨提亚问丈夫："既然你憎恨菠菜，为什么没有对此做出任何评论而继续吃菠菜呢？"丈夫说，他不想伤害妻子的感情。

　　不管故事的主角是鱼、梨，还是菠菜，其实本质都是一样的，即我们对伴侣付出的并不是他真正想要的。

　　我自己在婚恋咨询中也遇到这样的夫妻，他们爱着自己的伴侣，但两个人却没有好关系、好婚姻，自然也没有本应该拥有的幸福。非常具有代表性的夫妻就像文章开头提到的那些写信来抱怨自己付出却没有得到回报的男人和女人。

　　丈夫拼命工作，努力挣钱，每天应酬到很晚才回家，以为每个月给妻子几万块让她买买买就是爱她，可以让她快乐幸福。可是，他的妻子其实并不是那么看重物质的人，她需要的是丈夫的关注和陪伴，丈夫能陪着自己一起吃晚饭，一起散步，她就会感觉很快乐。结果，丈夫回家常常看到妻子怨声载道，觉得很生气，两个人为此经常发生口角。

　　妻子努力做家务，将家里收拾得一尘不染，她以为自己付出了很多，但丈夫需要的并不是干净的地板、整洁的鞋架，而是妻子和自己一起看看电影，听一听音乐，两个人一起聊聊天。丈夫下班回到家，不换鞋子，弄脏了地板，妻子就跟在屁股后面一边打扫一边唠叨，两个人为此经常争吵。

类似的故事还有很多：男人喜欢与女人一起玩乐，女人却以为玩乐太浪费钱，以为自己为男人省钱就是爱他；女人喜欢男人给自己制造一点浪漫，说一些甜言蜜语，送一些鲜花，男人却以为浪漫都是没用的虚假的东西，每次送礼物都只会送家用电器；男人想要和谐的性生活，女人却为了洗干净床单而不过性生活；女人想要关注和陪伴，男人却为了挣钱而忽略了女人……他们都以为自己是付出最多的人，殊不知他们付出的仅仅是自己以为正确的，而对方却完全感受不到。

如果你付出的并不是对方真正想要的，那付出得再多也不会增添你们之间的爱意，也许还会让对方远离你。你可以想象一下，如果你憎恨菠菜，你的伴侣却天天为你做菠菜，你会有什么感受？或者你不喜欢吃梨，你的伴侣却天天买几公斤梨让你吃，你又会有什么感受？

我的朋友毛路写过一篇文章——《你以为输在全心付出，其实输在你以为》，她在文章的结尾处写道，爱情技巧"并不是要你伪装成另一个人去取悦别人，很多时候，只不过是让你不要把香蕉给一个想要苹果的人而已"。

在恋爱初期，我也曾犯下"把香蕉给一个想要苹果的人"这样的错误。我以为爱男友就要每天为他做饭，将马桶刷得干干净净，但做这么多家务，我自己会觉得很累，然后心情很差。如果男友看不到我的付出，我会更加不开心，于是男友也跟着不开心。后来，他告诉我，他想要的是和我在一起愉快地做一件事情，比如一起跑步，一起玩游戏，我心情好才是他最需要的。他说："如果做饭让你不开心，你就不要做，我希望我们一起出去开心地吃饭，而不是你不开心地做饭给我吃。"

为男友做饭，将马桶刷得干干净净并不是男友的需要，只是我自己的需要，我希望有人用这样的方式爱我。我妈妈就是用这样的方式爱家人的，我也学着用这样的方式爱我的妈妈，很小就帮她分担家务。虽然这么做我并不开心，但我一直都在这么做。

其实，我太执着于用自己的方式爱男友了。那些觉得自己付出很多却得不到回报的男女，还有小品中的夫妻都是同我一样的人。我们爱人的方式僵化、单一而刻板，太执着于用自己的方式爱另一半，而非以对方喜欢的方式，结果把自己累得半死很辛苦不说，对方也感受不到你的爱和付出。没有付出到点子上，再多的付出都是零。

"爱"并不像小品中说的那样，一个人把自己最爱的东西让给对方，而是给对方他真正爱的东西。让爱吃鱼头的人吃鱼头、爱吃鱼尾的人吃鱼尾，两个人在一起开心地享受这一条鱼，没有所谓的忍让，也没有所谓的牺牲和奉献，只有相互尊重彼此的差异，相互给予对方真正需要的东西，两个人能在一起自由快乐地做自己才是爱。

我们每一个人都是不同的，每一个人在情感中的需要也都是不同的。别执着于用自己的方式去爱另一半，而是要学会给对方他想要的爱，而不是你自己想要的，这样的付出才真正有意义有价值。

在亲密关系中，表达自己的需要是对关系负责的表现，同时，学会倾听对方的需要也是至关重要的。如果你觉得自己在亲密关系中付出了很多，却没有收获好的关系和幸福的生活，你需要问问自己以下几个问题：

对方真正需要的是什么？我知道吗？

如果我不知道，是否有去问一句：你需要什么？

对方是否已经告诉了我Ta的需要，而我却还执着于用自己的方式付出？

我的付出是对方想要的，还是我自己想要的？

我需要的是什么？

我是否有把自己的需要坦诚地告诉伴侣？

我是否在亲密关系中隐藏了自己真实的需要，然后责怪Ta不满足我？

如果对方的需要与我的需要不一致，我是要求对方和我一样，还是尊重我们彼此的差异？

_亲爱的，别打击我！

"夸奖别人，意味着有能力感受到别人是好的。对于很多人来说，当感受别人好的时候，就会将自己感觉为不好的，所以，夸奖别人实际上需要非常好的心理功能才可以做得到。"

最近，我的朋友大宇在微信里向我倾诉自己的烦恼，他说妻子总是挑剔他工作太忙，薪水太低，职业发展不如别人。他的原话是这样的："我老婆经常说某某某比我强，人家有多少套房子，年薪百万，工作也不会像我这么忙，她嫌弃我赚钱太少。总之，我老婆觉得我很差。"我问他："那你听她这样讲，有什么感觉？"大宇回答："我也感觉自己真的很差，她肯定后悔找了我。我知道她眼界高，自己无法满足她的要求，但她总是这样说我，我心里也不痛快，但不知道怎么跟她沟通。"

大宇真的像他妻子说的那么差吗？其实不然，大宇今年40岁，年薪50多万，在一家大型外企做财务主管，靠自己的努力在上海拥有两套房子。他和妻子是自由恋爱，两个人现已结婚10年，他对家庭也很有责任感，对妻子忠贞不贰。如果从世俗的角度看，大宇在无数女人的眼中无疑是很成功很优秀的男人。

前几天，我收到一位女网友的来信，我称她为小A。小A说，男朋友总是打击她，说她胸不够大、腿不够长。跟他一起出门，他总是提醒她，你看那儿有个大胸妹子，你看那个女孩有一双美腿。她对男友说自己不喜欢他这样说，她听了心里不舒服，但男友仍然不改变。这个女孩说自己是身高超过一米六的正常妹子，对自己的能力和长相都很自信，也感觉男友挺喜欢自己，但她不理解男友的这种行为，为此很烦恼。

小A做了如下分析："我有很多朋友，而他比较宅，所以他特别不喜欢我出去跟朋友聚会，潜意识里也是怕我被抢走吧。之前我提过一次分手，被他拒绝了。我想知道他这是不是在打压我，好让我乖乖待在他身边，他这样做是不是不自信？是不是没有安全感的表现？不然他嫌弃我胸小，打死我也不可能从A罩杯变成E罩杯，那是不管怎么说也没用的事呀。"

生活中，像大宇和小A这样被自己的伴侣挑剔和打击的男女有无数。男的总觉得自己做什么都达不到女友或者妻子的标准，感觉自己很没用；女的总是觉得自己不能令男友或者丈夫满意，总是质疑自己，为对方费力改变自己。他们在亲密关系中，被伴侣长期洗脑，认同了伴侣对自己的判断，越来越觉得是自己不好，渐渐丢了自信和尊严，活得压抑、委屈，最后，连他们拥有的爱情也腐烂变质了。

为什么在亲密关系中，有的人总喜欢挑剔、打击自己的另一半呢？而且能够长年累月坚持不懈地挑剔、打击伴侣，但又不会选择离开伴侣，结束关系？

原因有几个。

第一个原因是披着爱情的外衣，打着为对方好的旗号，通过挑剔和打击伴侣，希望对方变得更好，好到令他们感到满意。他们传递的信息是：你在我这里接受批评和打击，你才能变得更好、更完美，我这是在帮助你成长！

这跟我们中国传统的文化与教育有关。我朋友有个比自己小10岁的妹妹，她一个人在国外努力打拼多年，事业和家庭都发展得很好。朋友告诉我，他很为妹妹感到自豪，觉得她很能干很强大。我问他："你当面这样夸过她吗？"他说："我可从来不当面这样夸她，怕她骄傲，骄傲使人落后！"

很多人认为"赞美使人骄傲"，"骄傲使人落后，谦虚使人进步"，"人在打击中才能进步和成长"。其实，这种想法是有毒的，挑剔和打击常常换不来进步，换来的更多是自卑和创伤。一个人长期生活在缺乏肯定和赞美，充满否定和批评的负能量环境中，会被洗脑和暗示，然后内在潜能被压抑，最后觉得自己真的很差，没有自我价值感，越来越没有自信。我们在现实生活中会看到很多孩子在父母的打击教育下越来越自卑，越来越怯懦，很多男人在妻子"你真没用""你是不是男人"的不断打击下，越来越窝囊，越来越没用，活得不像个男人。"打击使人进步"这种观念无论对亲子关系还是夫妻关系，都毒害深远。

第二个原因。通过挑剔和打击伴侣，削弱对方的力量感。有的人攻击伴侣的弱点，甚至是莫须有的弱点，比如你明明很勤快，他却总是说你很懒，还有就是攻击你无法改变的身体特质，比如动不动就说你个子太矮、胸太小……他们通过攻击和削弱伴侣来增强自己的力量感，促使伴侣依赖自己，然后获得一种关系上的控制感和安全感。他们传递的信息是：你看你这么差这么弱，你是没有能力离开我的，你多么需要我。

这类人内心有很深的恐惧，他们害怕伴侣变强大之后离开自己，他们有被伴侣抛弃的恐惧。因此，他们在亲密关系中总是挑剔、批评自己的另一半，甚至把对方说得很不堪。对方被他洗脑后，也觉得自己很弱，没有力量，无法独立，无法离开身边的这个人。这是一种通过打击他人从而控制他人的方式。一个人这么做很多时候是潜意识的，当事人很少能意识到自己这么做是出于内心的不安与恐惧。

第三个原因。有的人通过打击、贬低伴侣抬高自己，体现自己在关系中的重要性，彰显自己的优越感和更高的地位。他们传递的信息是：你看你这么差，我还愿意和你在一起，你应该对我心怀感激，感恩戴德。

这类人无论男女常常一边鄙视自己的伴侣，一边从中获得快感。比如，有的女人嫁给各方面条件都不如自己的男人，总喜欢对另一半说："你能娶到我，真是你祖上烧高香了。"有的男人放弃了热爱的"红玫瑰"，与各方面都表现平平的"白玫瑰"在一起后，喜欢对另一半说："你能嫁给我，是你几辈子修来的福气。"说到底，他们还是害怕与一个和自己势均力敌的伴侣平等地在一起，他们害怕自己无法掌控彼此的关系。

第四个原因。有的人在生活中面临很多压力和挫折，有很强烈的无能、无力感，但他们不愿意去面对，于是就把它们投射给伴侣。当他们挑剔伴侣不够好的时候，其实是让伴侣去承担那个"不好的我"，从而就不用面对自己身上那些不好的部分。伴侣成了替罪羊，而他自己活在那个"好我"带来的良好感觉中，以这种方式补偿自己那脆弱又可怜的自恋。

一些人将自己未实现的梦想和愿望强加在对方身上，将自己对生活的不满投射到对方身上，如前文提到的大宇的妻子，她一直期待自己在职业上能发展出色，但现实并未如此。她没有实现自己的梦想，无法拥有自己想要的东西，她对自己有很多的不满、失望，对未来也很不安。她无法面对自身的这些部分，就把它投射给丈夫，让丈夫去担负这些"不好"。当她表达对丈夫的不满并挑剔丈夫时，真正表达的其实是对自己的不满，但她通过这样的方式巧妙地隐藏了这一点，连自己都被骗过去了。

有的人凡事追求完美，无法接纳不完美的自己和另一半，所以他们通过不停地挑剔和打击伴侣，试图让对方达到某个或某些高标准，借此增强自己的控制感，获得完美的幻觉。

有的人无法肯定和赞美另一半，总是挑剔和打击对方，是因为他们小的时候从未体验到那种被肯定和赞美的感觉，特别是从父母那里获得这些，他们不知道如何给出自己未曾拥有的东西，他们只是习惯用自己被父母对待的方式对待自己的伴侣。这不得不说是一件令人悲伤的事情。

心理咨询师王雪岩在知乎上回答了一个问题："为什么有些父母会经常对子女冷嘲热讽？"她在回答中写了这样一段话："夸奖别人，意味着有能力感受到别人是好的。对于很多人来说，当感受别人好的时候，就会将自己感觉为不好的，所以，夸奖别人实际上需要非常好的心理功能才可以做得到。虽然实际上当我们发自内心去欣赏别人时，并不会减少我们所拥有的东西，也不代表我们比别人差，但生活中非常多的人是没有能力去欣赏他人的。发自内心地欣赏他人，来自我们对自己的肯定、信任与接纳，而这些能力，来自我们成长中曾被很好地对待。"

我很认同她所说的。以前，我以为一个人真心实意地去赞美和肯定另一人是一件很容易的事情。其实，恰恰相反，肯定和赞美对方，尤其是自己的伴侣，是一件很难的事情。欣赏和肯定别人是一种能力，对一个人内在心理健康的要求很高，它要求你的内在是有安全感的，是充实的，是能够接纳不完美的自己的，是对自己持基本肯定和信任的。我们欣赏赞美另一半，其实传达了一个声音：你是好的，独立自由的，我也是好的，独立自由的。我爱你，但我不会因为害怕你离开我而折损你飞翔的翅膀。

不要和总是打击和挑剔自己的人在一起，也不要成为那个打击和挑剔别人的人，尤其是在亲密关系中。一份真正健康美好的爱情，会让人变得更快乐更美好，让人不断获得成长。它会带给人积极向上的力量、良性的改变、对生活的信心，它甚至对整个人生都具有正向积极的作用。而坏的爱情会怎样呢？它只会折磨你、消耗你，让你愁眉苦脸，灰心丧气，自我怀疑，自卑痛苦。

如果你有一个经常肯定你，让你变得越来越自信、勇敢的伴侣，请你用心珍惜Ta；如果你有一个总是打击你，让你常常觉得自己活得灰头土脸的伴侣，请大声对Ta说："亲爱的，别打击我，给我一点肯定，好吗？"

_我们只是不同

家不是一个争辩到底谁对谁错的地方，家是一个讲爱的地方。可现实是，我们知道了很多道理，依然过不好生活。很多情侣和夫妻之所以发生矛盾和冲突，就是因为争论对和错，都认为自己是对的，伴侣是错的，都要求伴侣听自己的，结果两个人互不相让，于是爆发了严重的冲突。

经营和管理一家公司需要管理者做什么呢？那就是不断地做好决策，决策做好了，一家公司就能够持续稳定地发展下去，但做决策并不容易，常常要面临两难的处境，比如是选择生存还是公义，是坚持原则还是注重关系。经营亲密关系也是如此，常常要面临选择的困境，你要这样，我要那样，是听你的，还是听我的，怎么做出一个双方都满意的决定，体现了两个人经营亲密关系的智慧。

无论是在现实生活中，还是在做婚恋咨询的过程中，我看到许多情侣或者夫妻因为选择不一致而发生矛盾和冲突，严重的甚至导致关系破裂，两个人最后分手或离婚。

为什么两个人的选择会不一样呢？因为差异。两个人对同一件事的处理方式不同，是因为他们是不同的两个人，他们的年龄、性别、思维习惯、生活经验、家庭环境、教育背景、宗教信仰、价值观、看问题的角度等都是不同的。每一对情侣或者夫妻都有各自的差异，但并不是所有的情侣或者夫妻都会因为差异而产生矛盾和冲突，这是因为，他们中有的人懂得尊重甚至理解和接纳彼此的差异，或者是在因差异产生矛盾时，他们懂得如何"化干戈为玉帛"。不过，做到这些对大多数人来说都是巨大的挑战。

很多情侣或者夫妻其实很难接受彼此是不同的两个人这一事实，他们活在一个"如果你爱我，你就要和我一样"或者"我们是相爱的，所以必须要一样"的幻觉中，他们对亲密关系或者另一半有一种理想化或者不切实际的期待，这种情况尤其会在刚刚恋爱不久的情侣身上出现。他们第一次发现另一半挤牙膏的方式跟自己不同，不是从底部往上挤时，极可能会勃然大怒，指责对方："你怎么可以这样？！"然后，非要教育和改变对方，让对方跟自己保持一致，对方不改变时就会使出撒手锏："你到底爱不爱我？你爱我就要为我改变。"这类人其实还活在电影、言情小说所营造的爱情谎言中，看不清生活的真相，他们的内心还未独立和成熟到能够接受彼此的差异，同时他们也缺乏对另一半的包容。

处于亲密关系中的两个人，如果能够认识到他们是不同的这一事实，很多争吵就可以避免，如果再多一点探索和好奇，去看看两个人为什么会不同，进一步的尊重和理解就能达成。

决策学中有个"信息先行"的原则。很多情侣或者夫妻在做决定时发生矛盾和冲突，正是因为信息不足导致的。比如，给女友过生日，女友一定要在家里过，两个人一起做一顿丰盛的晚餐；男友一定要在外面过，请朋友一起吃蛋糕吃大餐庆祝。女人认为男人不尊重自己的想法，乱花钱；男人认为女人不接受自己的一番好意，不认可自己的安排。

这时，如果两个人坦诚沟通，多谈谈自己真实的想法，传达更多的信息，男友就会知道女友想要的其实是两个人一起做家务，创造生活的温馨幸福的感觉，女友就会知道男友想要的是自己的付出被另一半接受和肯定。意识到这些，或许他们就会做出一个双方都满意的决定：两个人一起去买蛋糕，然后在家做晚餐，做饭的过程中女人积极肯定男人的付出。

举个我自己的例子。通常我一个人在家的时候，会让房门半开，而男友在家的时候，房门一定是关得紧紧的。刚同居那会儿，每次我回家，尤其是晚上，看到紧闭的房门，我就会很生气。心想：你在家干吗还要锁门，害我还要自己拿钥匙开门。而且看到紧闭的房门，想到里面的男友正坐在沙发上看美剧或者玩游戏，我就更来气，觉得那关上的门就是在拒绝我，不欢迎我回家。如果我工作上遇到点不顺，一到家看到房门紧闭，瞬间我就感受到深深地被拒绝，怒火控制不住地往上冲。两个人为了这件小事居然吵了两次架，我们都觉得自己是对的、对方是错的。

后来，我们两个人就这个问题谈了彼此的想法。男友关门是为了安全，他担心家里会来小偷，我开门是为了表达对晚回家的另一半的欢迎。为什么我们会有如此大的差异？那是因为我们成长的环境不同。我从小在农村长大，每一户人家都有自己的一幢房子，大门都是敞开的，我们很欢迎左邻右里来家里串门，对外部环境也感到安全和信任，所以我在家就把门半开着。男友的父母都是工人，他从小住在厂区里的楼房里，小时候他独自在家时，父母总是叮嘱他要关好门窗，注意安全，所以他在家就会把门关上。

我们双方的差异源于各自家庭的不同，我们都在用自己的方式爱着对方。看到这一点，我立刻就不再因关门这件事情而生气，也不再想改变男友，我们接纳了彼此的不同。很多时候，当我们看到伴侣是如何成长为今天这个样子时，我们便更懂得尊重和理解Ta了。

再往深层看，我看到的是我们内在需要的不一致，我要的是被接纳感，而男友要的是安全感。当我们看到彼此内在需要的不一致后，因为我们爱另一半，反而愿意去做些什么满足Ta的需要。我发现，当我尊重男友关门的习惯后，在我晚回家的那些日子里，他反而会特意为我敞开门，让我感受到被欢迎被接纳，为此，我感到很开心。

当我们发现另一半与自己想的不一样时，不要立马做出判断，而要保持一份好奇心，去看看自己和Ta想的为什么会不一样。当我们带着这样的好奇去收集更多的信息的时候，我们往往会对另一半有更深的理解，也更容易找到一个让双方都满意的选择。

很多人都知道：家不是一个争辩到底谁对谁错的地方，家是一个讲爱的地方。可现实是，我们知道了很多道理，依然过不好生活。很多情侣和夫妻之所以发生矛盾和冲突，就是因为争论对和错，都认为自己是对的，伴侣是错的，都要求伴侣听自己的，结果两个人互不相让，于是爆发了严重的冲突。

我认识一对年轻的夫妻，大森和小倩，他们刚搬到新买的精装修房子里，房子里有一个阳台，两个人为如何使用阳台发生了激烈的争吵。妻子小倩想在阳台种上花花草草，然后摆上座椅，喝茶赏花，丈夫大森想在阳台放上跑步机和健身自行车，每天和妻子一起早起锻炼身体。两个人都认为自己的主意是最好最正确的，对方应该听自己的，都不肯做出妥协和退让。两人各执一词，吵个你死我活，还是没有解决问题。我对他们说：你们不是敌人，是夫妻，一直吵下去，两个人都得不到好处，无法满足自己的愿望，为什么不想想有什么双赢的办法？

只有一个阳台，一个要种花，一个要健身，想种花的妻子是对的，想健身的丈夫也是对的，他们都是对的，只是彼此的需求不同。

看到这一点，对于解决冲突是很重要的。

他们最后在好几个选项中找到一个双方都基本满意的结果：阳台的一部分用来给妻子种花，另一部分放丈夫的跑步机，要赏花喝茶的时候从房间里搬出小凳子和小茶几，这样妻子可以养花，丈夫也可以运动。

他们不知道自己应用了决策学上的另一个原则——"多义择优"的原则。这个"优"是"相对优"的意思，即基本满意。这个原则应用到解决冲突上，可以发现解决冲突的办法通常不止一个，我们需要在好几个方案中找到一个双方都基本满意的方案，学会换位思考和相互妥协。

在一次新书分享会上，有一位女性读者问我怎么解决两性的差异性。我提了一个问题：一对夫妻一起去朋友家吃晚餐，晚餐结束后，妻子想逛街，丈夫想回家玩游戏，问题怎么解决？有的人回答：我自己逛街；有的人回答：找女朋友出来逛街，让男人回家玩游戏；有的人回答：我会跟丈夫说，你陪我逛街两个小时，我回去给你按摩20分钟。从这些办法里寻求一个双方都满意的选择，就叫"多义择优"。

从大森和小倩的故事中，我们还可以看到妻子的深层需求是浪漫，丈夫的深层需求是健康，如果以后丈夫愿意给妻子多制造一些浪漫，比如送她鲜花，带她去吃烛光晚餐，妻子会感到很快乐。妻子愿意多关注丈夫的身体健康，陪他一起做运动，送一些健康产品给丈夫，丈夫也会感到很满足。

两性差异并不可怕，差异导致的冲突也不可怕，可怕的是两个人无法尊重彼此的差异，还想改变对方，无法做到在尊重差异的前提下合力解决问题，以达到双赢的局面。

已有研究表明，80%～90%的夫妻都想努力改变对方，从衣着相貌到性格人品，比如希望对方打扮得更好看，变得更温柔体贴，或者工作更努力、勤奋，赚更多钱……但结果是你越努力去改变对方，对方越不符合你的期待，甚至两个人的关系因为努力改变而渐行渐远。

我们每一个人都只能改变自己，而不能改变别人，别人只能受到我们的影响而发自内心去改变自己。想要获得幸福和谐的亲密关系，就要先放下改变另一半的念头，明白对方是与我们不同的，在尊重彼此差异的基础上，携手并肩去寻找一致性的解决方案。

经营亲密关系是一门学习彼此妥协以达到双赢的生活艺术。我们需要做的是增强自己内在的包容度，发展自己的创造力和解决问题的能力与智慧，学会在尊重彼此差异的基础上创造共同的和谐幸福的生活。

_情场也是道场

> 就像你打游戏通关，如果这一关没有闯过去，那这关就
> 要不停地重复。如果闯关成功，不仅技能大增，还可以
> 进入下一关……任何改变都是一次冒险，但如果不愿意
> 冒险，就只能困在旧有的模式中，就像西西弗斯一次又
> 一次重复着痛苦的命运。

一直以来，我都积极鼓励单身年轻人谈恋爱。恋爱带来的欢喜和忧愁会极大地丰富一个人的生命，拓展一个人内在的感受。另外，情场也是道场，谈恋爱其实是你认识自己、完善自己的一个重要方式。如果说生活是一场修行，那恋爱无疑是这场修行中关键的部分，那些在恋爱中获得了成长和蜕变的人，正是修行功课做得好的人。

无论是阅读读者来信，还是做心理咨询，我发现很多人，不管是男是女，都会遭遇这样一种情况：在职场上发展得很好，自身条件也不错，身边又不乏追求者，但一谈恋爱，总会遇到相似的困境，好像

被卡在一个点上无法动弹，痛苦不堪。

我有一个来访者叫林然，被朋友们称为女神，可想而知她外貌出众，很有魅力，加上她自身职业发展很不错，为人又温柔大方，所以从不缺桃花，但她却只对已婚男人来电，每一次都让自己陷入三角关系中，成为一个"习惯性小三"。

林然为什么会成为"习惯性小三"？这是因为，她的父亲在她四五岁时发生婚外情，与她母亲离婚，与别的女人结婚生子，并且拒绝与她们母女联系。她上小学时，她的母亲每个月会逼着她去向父亲要生活费，父亲常常冷冷地拒绝她，要不来生活费的她总是被母亲打骂。后来母亲再婚，让她与外婆一起生活，外婆很疼爱她，与之相处也很快乐。她原本以为生活会变好，结果没几年，母亲又离婚了，外婆也因为年纪大，没钱没精力，无力抚养她，她又被外婆送回母亲那里，然后母亲又再婚，对她不闻不问……

在她早年的生命里，她总是体验到不断被抛弃的痛苦，先是父亲抛弃她，然后是母亲抛弃她，然后连最爱的外婆也抛弃了她。她内心对异性缺乏信任感，但又非常渴望有一个强有力的男人爱她，对她不离不弃，无论发生什么事情，都会在她身边陪伴她、照顾她。矛盾的是，她总对那些事业成功的已婚男人动心，在和他们恋爱的过程中，在理智层面上，她不会要求对方为了自己离婚，因为她并不想破坏别人的家庭，但她在关系中的不安全感促使她不断地考验对方，考验的方式就是不停地"作"，提很多的要求（除了要他离婚），要男人向自己证明，他有多爱自己，对自己会不离不弃（这本就是一个伪命题，一个单身男人都无法证明他会对你不离不弃，更何况一个已婚有家室的男人）。两个人刚开始享受爱情的甜蜜，不久便陷入无休止的争吵，最后，这些已婚男人因为这样那样的原因，比如妻子怀孕、移民国外等，和她分手。她再次体验到被抛弃的痛苦，难以自拔，可下一次她又会爱上一个已婚男人。

林然从25岁开始就当别人的"小三"，换了一个又一个男友，一直到35岁，她历任男友都是别人的丈夫，她才意识到自己的人生陷入了不断重复中。

童年缺爱、物质匮乏以及被抛弃的体验，让林然渴望被强大又有力量的男人守护和关爱，也许在她的潜意识中，跟已婚男人谈恋爱，其实是在与男人的妻子一决高下，就像跟妈妈或者爸爸的情人一决高下，或者她潜意识中希望这些已婚男人选择自己，而不是家庭（虽然她从不要求这些男人离婚），就像爸爸当初选择和婚外的情人在一起。其实，她所做的一切都是为了赢得父亲的爱。

这个案例可以用心理学上的"俄狄浦斯情结"进行解释。我们人生中的第一个三角关系，便是孩子和爸爸、妈妈的关系。孩子在3—5岁时，进入"俄狄浦斯期"，即我们所说的"恋父""恋母"阶段。这个时期的孩子非常喜欢黏着异性父母，他们会与同性父母竞争异性父母的爱，儿子渴望妈妈爱自己胜过爱爸爸，女儿则渴望爸爸爱自己超过爱妈妈。比如在这一时期，儿子可能常常会说"我要娶妈妈"，女儿可能会说"我要嫁给爸爸"。如果孩子顺利度过这个阶段，他们就会认同同性父母，男孩认同爸爸，女孩认同妈妈。女孩会这样想：爸爸虽然很爱我，但更爱妈妈，我如果像妈妈一样，长大以后就能和爸爸一样的男人在一起了。于是，她们长大之后，对爱情就会有正常的渴望，不容易陷入三角关系中。反之，就会对爱情有不正常的渴望，容易在亲密关系中产生一些问题，比如容易产生恋父情结或者陷入三角关系中。

经过一年的心理咨询，林然了解了原生家庭对自己的影响，她越来越看清楚自己在亲密关系中的错误，看到自己是如何重复当"小三"和被抛弃的。看见即是改变的开始，当她对自己的认识越来越深，她的行为就慢慢发生了改变，就算再对一个已婚男人心动，她也能够控制住自己的冲动，不再付诸行动，去跟对方去发生关系。她更加清楚自己在做什么，而不像以前一样稀里糊涂地陷入三角关系中。再后来，她渐渐不再对已婚男人产生爱的冲动，而是学会了跟单身男性谈恋爱，在亲密关系中也学会了不再考验对方，不再去证明自己是被爱的，而是懂得用心珍惜和经营彼此的关系，学会更多地爱自己。

像林然这样在情感中陷入"强迫性重复"的人并不在少数，也许他们不会重复做"小三"，但他们会重复其他模式，他们的行为就像一个脱不开的轮回。有的人总会爱上某一类外人看来是人渣的人，她们深陷其中，无法自拔，总想着这一次不一样，但这一次还是和之前一样。有的人谈了一场又一谈恋爱，总是无法与另一个人建立长期稳定的亲密关系，每一段关系最长无法超过半年。有的人刚开始明明很幸福甜蜜，心想Ta就是那个对的人，然后不久却发生矛盾、争吵，指着对方的鼻子破口大骂，甚至发展到互相动手，最后累了，倦了，受伤了，揣着千疮百孔的心结束这段关系。结果，下一次恋爱，换了一个人，还是如此，陷入"强迫性重复"的死循环……

什么是"强迫性重复"呢？这个概念由弗洛伊德提出。他在临床工作中发现，有些人好像故意在用各种各样的方式让自己痛苦，相同的事情在一个人身上不断重演。比如，有的人童年遭受父母虐待，成年之后总是会选择虐待自己的伴侣，重复小时候被虐待的遭遇。有的人因为妈妈抑郁，总是照顾妈妈，成年后选择与那些抑郁或者生活悲惨的女子交往，经历与童年相同的痛苦体验等。

我最近收到一位30岁男性的来信，他觉察到自己在亲密关系中陷入"强迫性重复"。他总会遇到两种女人：一种是邻家妹妹，各方面都与他比较般配，对他比较温柔体贴，是爱他的女人；另一种则是"白富美"，容貌堪比明星，家庭条件、所受教育都比他要高一个层次，但对他比较冷淡，喜欢虐待他，可他又爱得不行。用他自己的话说，两种女人，一个是现实，一个是理想，一个爱他，一个他爱。

上大学时，他身边就有这样两个女同学，每当他在追求"白富美"的过程中受伤，就跑到邻家妹妹那里去疗伤，获得温暖和安慰。等伤养好了，他会离开邻家妹妹，又投身到追求"白富美"的事业中，然后被拒绝、被打击，他又回到邻家妹妹那里疗伤……他就像一头布利丹的毛驴，在两种女人之间徘徊挣扎，到了30岁，重复了好几段相同的情感经历，还是不知道选择哪一种女人。

我与他谈了一次，发现他虽然表面看起来很自信，但内心非常自卑，对于自己的家庭条件、所受教育、工作能力等都不自信，自我价值感很低。他喜欢并追求"白富美"，其实是因为渴望自己能够拥有对方那样的生活，他不接受自己的普通和平凡，希望自己是个"高富帅"，富裕、自信、引人注目。"白富美"对他来说是高不可攀的女神，与之交往，可以补偿自己的自卑心理，感觉自己也被人关注、有价值了。如果他看到这个真相，学会在现实生活中充实自己、发展自己、欣赏自己，建立属于自己的价值感，他就能够跳出在两种女人之间挣扎的宿命。

情场是道场，如果我们在亲密关系中总是重复相似的场景，感觉痛苦不堪，那我们最好的做法就是好好看一看我们的身上到底发生了什么。

为什么很多人无法摆脱如此痛苦的"强迫性重复"呢？因为那些体验虽然痛苦，但却是我们熟悉的，熟悉会带来安全感。很多人一辈子习惯走一条痛苦但熟悉的老路，也不愿意走上一条快乐但陌生的新路，因为陌生意味着未知与不安全。无论是通过自我觉察，还是求助于心理咨询，改变这种重复的命运都是很大的挑战，它需要我们有很大的勇气，愿意去面对自己、改变自己。

另外一方面，我们也要看到"强迫性重复"是上天给我们的一次机会，一次改写自己命运的机会。就像你打游戏通关，如果这一关没有闯过去，那这关就要不停地重复。如果闯关成功，不仅技能大增，还可以进入下一关。

任何改变都是一次冒险，但如果不愿意冒险，就只能困在旧有的模式中，就像西西弗斯一次又一次重复着痛苦的命运。要想终止或者打破这种死循环，就需要我们先了解和认识自己，然后改变存在于我们潜意识里面的关系模式。也许刚开始只能迈出改变的一小步，但你会看到改变并没有原来想象中那么可怕，一点点的成功会激励你做出更大的尝试和探索，最终让你真正改变内在模式，从痛苦的重复中挣脱出来，获得心灵的自由。

_别再逼他说"我爱你"了

聪明的女人不会执着于让男人说"我爱你",因为听这
句情话除了让耳朵爽点外,真的没什么用。

台湾歌手吴克群有首歌一度很红,叫《大舌头》,歌词写得很有
意思。

说说说说说你爱我

我我我说不出口

口口口口声声地说

对不起我有大舌头

…………

说爱你我就大舌头

这首歌反映了很多中国男人在恋爱和婚姻中的烦恼,即总是被
另一半逼着表白,要他们说"我爱你",可对于中国绝大多数男性来
说,对另一半说"我爱你"简直会要了他们的命。

朋友慧敏多年来和丈夫伟的感情一直都很不错，但在她的心中有个未被满足的心愿，从热恋时期她便期待伟对自己说一句"我爱你"，但伟就是不说。直到去年结婚纪念日，两个人在海边共度了一个非常浪漫的夜晚，妻子带着酒后的红晕，撒娇地问丈夫：你爱我吗？

丈夫：爱呀！

妻子：那说你爱我嘛。

丈夫半晌蹦出了一句英文：I love you。

妻子：用中文说。

丈夫急得抓耳挠腮，尴尬又痛苦，眼看着妻子要发火转身欲走，他才说了一句：爱你。

慧敏为此很郁闷，为什么就不能好好说句"我爱你"，我们还能愉快地做夫妻吗？她觉得丈夫实在不解风情，不够浪漫，她想不明白，要丈夫说句"我爱你"，为什么会这么难？！

为什么要男人说"我爱你"会这么难呢？这和我们的文化有关。中国人的特点是难以用语言直接表达自己的情感，尤其是向身边关系亲近之人表达爱意。无论是亲子关系，还是夫妻之间，我们都很难开口直接向所爱的人说一句"我爱你"，也不习惯别人对我们说"我爱你"。如果有一天你好端端地对父母说"我爱你"，他们的反应多半是："孩子，你遇到什么事了？是不是股票大跌输了很多钱？"如果某一天你的另一半忽然对你说"我爱你"，你的第一反应会是感觉肉麻，或者觉得对方吃错药，或者是"你是不是做了什么对不起我的事情，老实交代"。

看外国电影，我们会发现，他们亲子之间和情侣之间似乎每天都将"我爱你"作为早上离家出门或者道别时的固定话语，就像中国人说"你吃了吗"一样稀松平常，但如此直接外露的情感表达方式，中国人显然不太习惯。我们的传统文化是"爱你在心口难开"，强调情感表达要委婉，要含蓄克制。所以，王家卫的电影，无论是《花样年华》中周慕云与苏丽珍之间低调含蓄的情感，还是《一代宗师》中叶问与宫二之间隐忍不发的情感，才会引起很多中国人的共鸣。

直接表达自己的情感，对另一半说"我爱你"，对中国男性而言，简直是像上刀山下火海那样难的挑战。这与中国委婉含蓄的情感表达文化有关，也与我们的社会对男性社会性别的刻板印象和要求有关。男人应该沉默如金，男人应该强硬如铁，男人应该情感内敛，这样的男人会被我们的社会认为是"真男人"。而那些喜欢或者擅长表达情感的男人则显得"娘娘腔""婆婆妈妈""不像个男人"，太会说甜言蜜语的男人，往往也会被人认为油腔滑调，不靠谱。

另外，很多男性认同这样一种观念：你爱一个人说是没有用的，要用行动去证明。因此，他们更愿意去做而不是说。可是，他们这样常常造成这样的结果：自己做了很多，说得太少，另一半不知道，以为他付出得不够，他便觉得自己辛苦付出得不到感激，感到很泄气。

　　如果从依恋类型来讲，很多中国男性属于回避型依恋，他们在情感上比较封闭自己，逃避亲密。女人要他们说"我爱你"，深层需要其实表达的是我要亲密，我要你表达对我的爱，但男人这时就会想逃，想抗拒，害怕和女人亲密。结果，在情感上，形成了一个追赶索取、一个逃跑回避的模式。当一个女人深情地对男人说"我爱你"，并期待男人也回应她"我爱你"时，女人往往只会收获失望，因为男人极可能只会回一个"哦"或者"嗯"。

　　男人和女人在情感表达上的差异，可以用进化心理学解释。原始社会，男人们要打猎，在等待与捕杀猎物的过程中，他们需要沉默与高度专注，于是形成倾向于解决问题的思维方式。女人们一起采摘野果，养育孩子，可以一边干活，一边聊自己的烦心事，分享部落里的八卦，彼此之间进行情感交流和连接，于是女人形成了情感优先的思维方式。有人说，男人是视觉动物，女人是听觉动物，从这个角度看是有些道理的。

　　其实，男人不会说"我爱你"，这原本也不是一个什么大的缺陷，但悲摧的是这些男人的另一半，即他们身边的女人会有听对方说"我爱你"的心理需要。对于像女人这样的听觉动物，无论在恋爱时，还是在婚姻里，都希望另一方对自己说"我爱你""爱你到永远，爱你一万年""我永远不会离开你""你是我生命中最重要的女人"之类的甜言蜜语。这个被爱的需求没办法得到满足，很多女人就会作，会闹，会折磨男人，而且很多女性还有一个可怕的逻辑：你不说我爱你，就代表着你不爱我，你不爱我，我很痛苦，我为什么还要和你在一起……于是，矛盾就产生了，争吵和痛苦就产生了，男人和女人的战争就开始了。

美国盖瑞·查普曼博士（Dr. Gary Chapman）写了一本书，叫作《爱的五种语言》，讲到爱的语言有"肯定的言辞""精心的时刻""礼物""服务的行动""身体的接触"五种，而每一个人爱的语言都是不同的，男人更多是提供服务，女人更多进行言语表达。

我有一个女性来访者，常常对丈夫和家庭表达爱意，丈夫却总是说，说这些有什么用，你要真正行动起来才行，丈夫总觉得妻子对家庭付出得太少，光说不练假把式。而妻子呢？觉得自己很委屈。这就是每一个人爱的语言不同导致的矛盾。如果丈夫理解表达爱意是妻子爱的语言，妻子看到丈夫需要更多的行动才能感受到被爱，他们的矛盾就能解决。

我们爱一个人，要用对方需要的方式，而不要执着于用自己的方式。换一个角度思考，如果对方始终没有办法用我们需要的方式来爱我们，那该怎么办？是不是就要结束关系呢？我看也无须这么绝对。同样，我们也需要学着不执着。如果你身为女人，知道身边的那个他就是不擅长表达，不会又不喜欢说"我爱你"，那你就不要再逼他说，最好的方法就是看看除了言语，他是否在用自己的方式爱着你。

比如送你礼物，为你做这做那，跟你有很亲密的身体接触，如果有，那就是他爱你的方式，你要善于接收别人对你的爱。你可以问问自己，既然对方很爱我，那我是不是可以不在意他不说"我爱你"。聪明的女人不会执着于让男人说"我爱你"，因为听这句情话除了让耳朵爽点外，真的没什么用。如果你实在想听"我爱你"，可以自己对着镜子说给自己听，也可以找闺密，彼此相互表达"我爱你"。我们常常需要自我满足，因为没有人能满足你所有的需要。

很多时候，男人也许不会直接说"我爱你"、"你对我很重要"之类的情话，但他们其实也会用语言表达自己的爱意，只要你用心捕捉，总还是能听到男人的甜言蜜语。

我有个姐姐，自从他们家换了新房后，装修的活全是她一个人承担，因为那段时间丈夫工作很忙，完全顾不上。她除了要忙工作，装修房子，还要照顾上学的孩子，给孩子做饭等，非常辛苦，但丈夫对此没有一句表示，她心里有很多的委屈和怨言。

某一天，丈夫请几个兄弟来新家吃饭、喝酒，酒喝到一半，他一把搂住我的姐姐，对兄弟说："我工作忙，这房子的装修都是你们嫂子在弄，孩子也是她照顾，辛苦她了。来，我们敬你们的嫂子一杯。"然后，他带着几个兄弟敬了姐姐一杯酒。姐姐听完之后，所有的委屈和怨言都烟消云散了。她说，这是她听过的最动听的情话。

也许你的男人说不出口"我爱你"，一说"我爱你"就大舌头，但如果他会说"辛苦你了""如果没有你，我的生活不会过得这么好"等朴素的情话，你就好好收着吧，学会知足。如果他爱你，但无法用你需要的方式爱你，那你可以教他，也可以学会接受，站在他的角度欣赏他的努力。

对那些不爱表达的男人来说，要清楚，实际上很多时候，我们只用行动表达爱，对方很可能没有办法感受到，尤其对那些需要经常被表白的女性而言，说有时比做更重要。赶紧对身边的那个她说一句"我爱你"，你说这一句，顶你洗十天的碗，这绝对是只赚不赔的买卖！

_一边等待，一边寻找，一边独自快乐

刘若英谈到她和先生钟石的认识、相恋时说："丰富有趣的女人，最能吸引男人。男人就是这样——你黏着他，他就想办法要逃；你把自己的生活和心灵都打理好，不依赖他，不试图套牢他，他就会对你产生好奇，就想和你待在一起，就想和你结婚。"

一、为什么单身女性压力大?

这几年，我收到很多单身女性的来信。她们诉说自己恋爱时的困扰，年纪大了还未嫁人，心里很不安，加上父母催婚，在婚恋问题上和他们发生了激烈的冲突，对未来的生活充满了担忧和无望，每天很抑郁。有一些单身女青年也会因为婚恋上的压力和困扰来找我做心理咨询，她们自己恨嫁，父母施压，导致压力倍增，内心异常焦虑痛苦。有的女性年龄大一些，比如三十五六岁，为单身焦虑，我很容易理解，但有的女性才二十五六岁，竟也因为单身"压力山大"，甚至焦虑到影响睡眠与正常的工作。

原本一个人结不结婚、和谁结婚、什么时候结婚都是个人选择的自由，但为什么在中国作为一名单身女性在婚恋上的压力会如此之大？

第一，与当地的婚恋习俗有关。一般来讲，二三线城市的女性比一线城市的女性更早结婚。在上海，一个26岁的单身女孩所承受的婚恋压力没有在郑州的同龄女孩大。同样，一个在城市里的单身女性可能比在农村的单身女性婚恋上的压力小一些。

第二，与个体所处的小环境有关。如果你身边同龄的同学、同事、朋友纷纷结婚生子，而你是单身，那你的压力就会比较大，你的压力主要来自同辈。如果你30岁还是单身，但你身边好多同辈与你一样也是单身，你的压力就会小很多，因为你并不觉得自己与别人不一样。我们很多人终其一生都在追求"和大家一样"的安全感。

第三，与父母催婚有关。很多父母在孩子高中、大学时禁止其谈恋爱，一毕业却要求人家赶紧结婚生娃，让孩子满足自己当爷爷奶奶外公外婆的愿望，天天催孩子，"你年纪也不小了，抓紧时间嫁人，不要再拖啦"。有的父母还动不动用死亡逼迫孩子，"你看，我都是黄土埋半截的人了，说不定什么时候就走了，看不到你结婚生子，我死不瞑目哇"。这样的父母是多给孩子的人生添堵哇！有这样的父母，孩子单身的压力就比较大。

第四，与中国当前整个社会所传递的价值观有关。各种影视剧、婚恋网站、综艺节目、女性图书、流行歌曲、电视广告似乎都在告诉女人：你看，现在剩女这么多，竞争压力这么大，想嫁人是件多么困难的事，你可要抓紧。而且女人不结婚，人生就完了，没有男人的女人是多么悲惨（被这样的价值观洗脑和催眠，不焦虑才怪）。

　　第五，与女性自身有关。很多女性内心渴望谈恋爱，渴望建立一段亲密关系，走进婚姻，但她们就是不知道怎么认识异性，怎么谈恋爱，在婚恋上感觉自己无能为力，很焦虑。我在咨询中遇到不少30岁还从未谈过恋爱的女咨客，她们中很多很多时候都无力靠自己去认识异性，建立恋爱关系，必须通过相亲才能认识异性，可很多人又对相亲对象没感觉，她们往往容易陷入"单身——焦虑——无力恋爱——更焦虑——相亲——没感觉——更焦虑——单身"的死循环中。

　　二、越焦虑，越容易单身
　　无论是上面哪一个原因导致你焦虑，作为单身女性的你要明白，你越焦虑自己嫁不出去，就越容易嫁不出去。单身本来只是一种状态，因为你焦虑，它带来的负面影响就扩大了。只有先放下单身的焦虑，才有开始新生活的可能性。

　　你需要认识到自己目前所处的大环境，并不是你独自一人面对单身的难题，很多女性会有大家都嫁人且嫁得好，只有我被"剩下"的错觉。其实，据一项统计显示，中国适龄单身男女多达1.8亿，单身不是你个人的问题，而是社会性的问题。同时，你也要看到，单身也不代表你这个人有什么问题，就像房价太高，很多人买不起房子一样，单身女性尤其是优秀的单身女性找到与之匹配的对象并不容易，这是时代的现状，是大势所趋，跟我们的教育、文化和大环境有关。另外，单身男女越来越多，这也是经济发展、社会进步的一个表现。

想摆脱单身，你着急是没有用的，你越是着急往前走，就越容易做出错误的选择。我看到一些谈了男朋友的大龄女性因为太急着让男人给出结婚的承诺，比如恋爱两个月就逼对方跟自己结婚，结果将男人吓跑。这种急吼吼要人家负责的样子，想赶紧套牢一个男人的心态，会让男人觉得你另有所图，于是他就容易逃走。

我看到很多单身女性因为太焦虑，随便找一个男人，恋爱也不谈，也不管彼此合适不合适，只想着结婚凑合着过日子，结果发现婚后比单身时更不幸，日子根本凑合不下去。为了结婚而结婚，缺乏爱情基础的婚姻关系，容易以离婚收场。闪婚闪离就罢了，如果有了孩子，还要搭上无辜的孩子。

想象一下，如果你有一辆汽车，一直发出警报，你会怎么做？是不是停下来，检查一番？如果你恰是一名单身女性，在婚恋上备感压力，焦虑不安，生活很灰暗很痛苦，怎么办？那就应停下来，看一看哪里出了问题，看看自己到底在焦虑和害怕什么，是什么导致你焦虑？是真的无法自主选择爱的人，被父母干涉自己的婚恋自由吗？是因为被社会上不良的价值观迷惑，觉得单身就低人一等吗？还是害怕自己真的遇不到爱人，一个人过不好？

　　同时，你需要更多地认识自己。你这辈子真想要结婚吗？不结婚会怎样？你知道自己喜欢什么样的异性吗？在对异性的诸多要求中，比如外貌、学历、家世背景、性格成熟度、情商高低、共同兴趣等，你最看重的是什么？你对另一半的要求和期待是否合理，还是有不切实际的过高期待？你身上比较能够吸引异性的特质是什么？你期待两个人在一起时是怎样的状态？

　　如果你非常渴望结婚，你还需要好好看一看自己结婚的动机是什么，不健康的结婚动机会导致婚姻的不幸。

　　有哪些不健康的结婚动机呢？

　　有的人因为受不了父母催婚与社会上"男大当婚，女大当嫁"的舆论压力，想随便找个人结婚，缓解自己的压力。有的人特别希望通过结婚逃离原生家庭，过一种全新的生活，结了婚就不用和讨厌的父母住在一起，就可以离开痛苦的环境。这样的人把婚姻当成避难所，婚后往往会失望，发现婚姻并不能解决自己的问题。有的人因为单身生活过久了，内心孤寂，渴望有个人陪伴自己，减少孤独感，渴望有人照顾自己，让自己依赖。抱着这样的动机进入婚姻，同样会失望，因为自身的不够成熟和独立，过分依赖对方，只会让另一半不堪重负。

　　当你对自己的了解和认识越多，会发现自己身上有很多问题，你还需要成长，也许当你成熟了，就更容易找到那个合适的另一半。

三、一边等待，一边寻找，一边独自快乐

一次，在北京参加朋友的新书分享会上，有位读者说起作家铁凝的一件小事。1991年5月的一天，铁凝冒雨去看冰心。

"你有男朋友了吗？"冰心问铁凝。

"还没找呢。"铁凝回答。

"你不要找，你要等。"90岁的冰心说。

铁凝正因为听了冰心的话，从34岁等到了50岁，等了16年才与经济学家华生相恋结婚。可是，人生能有多少个16年？这等待的时间也未免太长了。

有位读者问我，单身女性在恋爱上是要等，还是要找？我当时回答，一边等待，一边寻找，一边独自快乐。

在婚恋这件事上，过分着急是没有用的，没有遇到合适的人之前，耐心等待是必须的。很多时候，人与人之间能不能相遇与相爱真的靠缘分，但单单耐心等待又是不够的，如果你真的想拥有一段亲密关系，还需要主动积极地寻找。

讲一个我朋友的朋友的故事。这个女孩叫小P，单身，28岁。在一次读书会上，她认识了一个男生大Q，两个人当时聊得挺好的，她对他很有好感，就留了他的电话号码，而大Q的手机当时没电，说等着小P回头联系自己。不巧的是，第二天我朋友的手机被小偷偷了，但号码是存在手机上，而不是卡上的。她只记得这个男生的名字，以及闲聊过程中，男生说起自己周末喜欢去上海图书馆借书。于是，她利用周末的时间去上海图书馆看书、闲逛，期待能遇到这个男生。一个月后的某一天，他们真的在图书馆相遇了。男生还怪她："你怎么都没有联系我？"后来，两个人谈恋爱了，常常一起幸福地泡图书馆，参加一些读书会活动。后来听说，两个人近期准备结婚。

如果小P没有主动积极地寻找大Q，他们两个人就不大可能再见面了，也就没有了后面的恋爱、结婚。

我所谓的寻找不是像有的人认为的那样马不停蹄地相亲，着急结婚，自己疲惫不堪不说，还越来越焦虑浮躁，而是积极主动地社交，保持开放的心态，多出去参加一些活动，比如参加朋友聚会、户外活动，加入一些跑步团体、感兴趣的小组，增加自己认识异性的途径。对于喜欢的异性，愿意主动联系、主动进攻，争取更多的相处时间，而不是完全地被动等待。

我虽是那种会选择进入婚姻、养育孩子的女性，但并不认为婚姻是必需品，也不认为结婚的状态会比单身的状态会更幸福。我遇到一个相爱又合适的人，想和他在一起共同生活，于是选择结婚。如果没有遇到他，那我就过好自己的单身生活。结婚与单身只是选择的不同，并无优劣之分。一个人，无论你是结婚还是单身，把当下的生活过好才是真正的生活智慧。

单身的女性要学会一边等待，一边寻找，一边独自快乐地生活。

很多单身女性存在"寻找救世主"的心态，感觉自己是个灰姑娘，期待有一个王子来拯救自己，将自己从不幸的泥潭中打捞起来，从此与王子过上幸福快乐的生活。她们觉得自己只要找到王子，一切都会改变，连糟糕的自己也会立刻脱胎换骨，所有问题都会顷刻消失，生活立刻快乐起来。这基本上是不切实际的幻想。

如果一个人不能把单身的生活过好，王子来到她身边，她也无法与王子过上好日子，只会怪王子不是那个对的人，然后与之分手，继续寻找所谓的"完美的王子"。这是很多人不断分手或者离婚的原因，他们总在寻找一个完美的Ta，却不知道问题出在自己身上。一个女人能把单身生活过好，先将自己变成一个成熟的好伴侣，等"白马王子"出现时，才能相处好，过上好日子。

当一个人的人格独立成熟、拥有比较完善的心智模式时，他就是一个完整的1，而不是那个不健全的0.5。亲密关系不是加法，而是乘法，两个0.5的人在一起，结果只有0.25，而两个1的人在一起，就能得到一个1。

单身女性在等待和寻找自己的另一半时，要摆脱"寻找救世主"的心态，也要抛弃那种"没有男人我一个人过不好"的心态，要像一朵盛开的花，一边等待、寻找，一边独自快乐，让自己美丽绽放，让自己当下的生活是快乐的充实的。

你可以将自己打扮得漂亮起来，多出去参加一些社交活动，认识一些新朋友；可以学习跳舞、画画，或者学习某一种乐器，掌握某一门外语；可以培养自己的兴趣爱好，读书、旅行、烘焙……单身的日子可以是一场华丽的冒险，你应当更积极地投入生活，去做自己喜欢做的事情，学会爱自己，自己满足自己，自己让自己快乐，而不是等待男人让自己快乐。

刘若英谈到她和先生钟石的认识、相恋时说："丰富有趣的女人，最能吸引男人。男人就是这样——你黏着他，他就想办法要逃；你把自己的生活和心灵都打理好，不依赖他，不试图套牢他，他就会对你产生好奇，就想和你待在一起，就想和你结婚。"

她说得对极了！我见到很多大龄单身女性不再恨嫁，不再等待别人施与自己快乐，而是将自己一个人的生活过得有滋有味、丰富多彩时，身边追求她的优质男人反而变多了，她的年龄也不再是一个阻碍她获取幸福的因素。

当一个单身女性活出自己绚丽的姿态，独自也能快乐时，相信我，她一定能吸引到很多人，包括男人。

爱神就是这么奇怪，你越觉得没有爱情就活不好，你就越难得到爱；而你没有爱情也能活得很滋润时，爱情就会追在你后面跑。

所以，单身时，请好好珍惜单身的日子，学会一边等待，一边寻找，一边独自快乐地生活。

_多一点沟通，少一点我以为

无论是亲密关系、亲子关系还是一般的人际关系，如果
一个人有太多的"我以为"，往往会造成他与人交往的
过程中误会和矛盾频生，自己内心也会纠结、委屈，怨
恨情绪较多。

有一次，我和男友一起逛超市，才逛了十几分钟，我的手机就被
偷了。到底是怎么回事呢？

那天，我只带了一个零钱袋出门，将手机装在里面。进超市后，
男友拉过来手推车，我便将零钱袋、购物袋和雨伞一起放进手推车
中，接着两个人开始购物。我们最近刚搬了家，要买一些纸巾、洗发
水、收纳箱等日用品。当我选好一个收纳箱准备放进车里时，惊讶地
发现零钱袋不见了。

我问男友："零钱袋呢？"

男友一脸迷茫："什么零钱袋？"

我们有时候会恶作剧，所以我以为男友在和我开玩笑，他其实将零钱袋藏了起来。于是，我看着他，笑着说："不要装啦，是不是放口袋里啦？"

男友更困惑了："什么零钱袋？没放口袋呀？"

我急了："就是我一进超市放在手推车里的零钱袋呀，你看到的！里面有我的手机！"

男友也急了："我根本没有看见你放进去！"

他开始拨打我的手机，刚开始还能打通，可很快就关机了。这时，我们恍然大悟，在我们低头购物时，零钱袋和手机一起被偷走了。

后来，我们报了警，接受了警察关于贵重物品随身携带的安全教育后继续购物。虽然备感沮丧，可我们当天就补办了手机卡，买了新手机，使我的工作和生活不会受到太大的影响。不过，这件事情让我注意到当时我和男友在沟通上犯了一个错误，这个错误很多人经常会犯。

心理学大师萨提亚在自己的书中写到一个案例。

比尔和哈丽特是一对年轻的夫妻，他们四岁的女儿爱丽丝怀着敌意攻击了一个名为泰德的男人。他第一次来家里做客，是爱丽丝父母共同的大学朋友。当泰德来家做客之前，这对夫妻给他寄了一张爱丽丝的照片。当泰德在草坪上看到正在玩耍的爱丽丝时，他以一种比较夸张的方式接近她，并且试图把她抱起来，爱丽丝则用拳打脚踢、撕咬、尖叫的方式回应他，父母对女儿的行为感到很尴尬，狠狠地鞭打了她，甚至认为自己孩子的攻击行为代表着某种犯罪倾向或者心理障碍，而泰德则因为爱丽丝的敌意感到生气和受到了伤害。

当萨提亚指出，泰德认识爱丽丝，但爱丽丝并不认识泰德时，这对父母看清了事情的真相。他们给泰德看了爱丽丝的照片，但爱丽丝并没有看过泰德的照片，泰德对她而言是个陌生的男性。他们居住的街区发生过一些骚扰孩子的事情，于是这对父母花了很多力气教导女儿如果陌生男人碰她，她应该尽力反抗，比尔甚至还和她做过练习，爱丽丝正是按照父母教导自己的方式对待泰德的。

这个案例令人深思，有很丰富的内容值得讨论，尤其是为人父母者，可以学习如何正确解读孩子的行为。

当我看到这个案例时，第一个想法是：这对父母也太傻了吧，以为自己认识的老朋友，自己的女儿也会认识；这个老朋友泰德也太傻了吧，以为自己认识这个小孩，这个小孩也认识自己。我们中的很多人，我的许多来访者，包括作为心理咨询师的我自己，在沟通中也常常会犯"我以为你知道"以及"我以为你知道，可你却……"这类错误。比如手机被偷，我以为男友看到我把手机放进零钱袋里，再将零钱袋放在手推车里，他会帮我看管好物品，但事实上，我男友虽然和我在一起，但并没有注意到我的行为。另外，就算他看到了，也并不表示他会保管我的东西，因为我什么也没有说，他可能会以为我会看管好自己的东西。

在咨询中，我遇到很多抱怨自己男友或者老公的女性来访者，她们很相似。比如，有一个来访者曾说："他知道我在厨房忙得不可开交，但却连碗筷都不愿意摆一下，只知道待在房间里上网看视频。"我问："你跟他讲你在厨房很忙，需要他帮忙吗？"她回答："没有，我以为他知道，而且这样的事情难道还需要我开口吗？不是他应该做的吗？"

但当我多问几个问题，更多信息显露出来时，我可以确认，这个男人在上网的时候确实不知道自己的妻子在厨房忙得焦头烂额，需要他帮忙。因为这个男人从小到大，在家里一直比较少做家务，更别说下厨了。他不知道做饭的辛苦，和妻子恋爱、结婚这几年，妻子每次下厨也从没有叫他帮过忙，他的主要任务就是等吃。如果我是这个男人，自然也会认为，妻子很擅长下厨，在厨房里她一切都搞得定，并不需要我的任何帮助。而这位妻子从小生长的家庭环境是：还是孩子的她以及她的爸爸都会主动帮助妈妈做家事，于是，"她以为"和"他以为"不一致，误会、矛盾由此产生。

无论是亲密关系、亲子关系还是一般的人际关系，如果一个人有太多的"我以为"，往往会造成他与人交往的过程中误会和矛盾频生，自己内心也会纠结、委屈，怨恨情绪较多。

最近，有个女同学幽怨地告诉我，自己生病了，男友连一句关心的话都没有。我问："你告诉他你生病了吗？"她说："没有，但我发烧了，身上很烫。出来约会时，我们一起吃了饭，我以为他知道，他应该知道！"又是一个"我以为""他应该"，别人又不是你肚子里的蛔虫，你不说他怎么会知道呢？再说你发着高烧跟男友约会，还不愿意告诉对方你身体不舒服，你这是自己找虐的节奏吗？

在亲密关系中，很多时候并不是对方不愿意满足我们的需要，比如关心、支持、照顾我们，而是对方压根就不知道我们有这些需要。我们活在自以为是中，把对方当成自己，以为他知道却不愿意满足我们。于是，我们有了不满和怨恨，而对方既感到莫名其妙又很委屈。

在开展团体心理成长活动的过程中，当组员出现"我以为"这种情况的时候，比如他以为某个组员不喜欢他，因为他讲了一个笑话而对方没有笑，这时我会鼓励他跟对方核对信息：我讲笑话的时候你没有笑，我以为你不喜欢我，是这样的吗？结果往往并非如此，对方听了会很惊讶，因为实情是对方之前已经听过这个笑话了，或者对方一直是个笑点比较高的人，或者对方当时陷在自己痛苦的情绪中，根本没有留心他讲的笑话……

如何减少"我以为"或者"我以为你知道，可你却……"这一思维方式对关系的负面影响和破坏呢？

学习站在对方的角度思考问题是很重要的。换位思考，看看对方是不是真的像我们以为的那样知道得那么多，对情况了解得那么深入，如我们想象中那样切实地知道我们的需要。

如果是和孩子沟通，处理孩子的一些问题，父母要学习蹲下来和孩子站在一起，即站在孩子的角度，用孩子的视角看问题，而不是从自己的角度出发，像前面故事中讲的那对年轻夫妻那样，教孩子反抗陌生男子的骚扰，而当孩子真这么做时又责罚孩子，看不到问题出在自己身上。

其次，与对方进行核对也是重要且必要的。当我们对别人进行种种猜测：我觉得他讨厌我，我觉得他在疏远我，他是不是生我的气了，他对我做的事情是不是有什么意见……最好能坦诚地与对方进行沟通，进一步核实自己的猜测是否正确，给对方一个表达的机会、一个解释事实真相的机会。然后，我们会发现很多时候一切真的只是"我以为"。"我以为"使我们陷入痛苦不说，也对别人产生误解。

人与人之间产生误解是常态，要做到相互理解并不容易，而良好的人际关系取决于一个人是否能正确理解他人的意思，想要尽量少产生误解，你可以做到多一点沟通、少一点"我以为"。

PART *4*

终于活成自己
喜欢的样子

/
/
/

要经过多少世事的历练，付出多少努力的自
我完善，我们才能活成自己喜欢的样子？才能懂
得并且真正地做到爱自己，尊重自己，按照自己
的意愿生活？

_无论多忙，别忘了爱自己

现在，都市中很多职业女性工作忙碌，生活压力很大，她们不仅要工作，还要照顾家庭，操持家务……她们有自己的收入，但舍不得把钱花在自己身上。她们把时间花在工作和家人身上，却不懂得把关注度和时间投注给自己。

我经常倡导女性爱自己，有读者问，那到底怎样才算是爱自己？自爱是自私吗？自爱是自恋吗？

自爱不是自私，我曾写道："自爱和自私是完全不同的，自私向外求，希望从外界获取些什么而使得自己幸福，所以自私之人不停地向外索取；自爱则是向内求，把目光投向自己，主动斟满自己的杯子，自己让自己幸福快乐。"

自爱也不等于自恋。自恋的人对自己有不切实际的过高评价，他们过度关注自己，过度渴望他人的关注与赞赏。自恋之人欲求的方向也是指向外部的，他们急需外界或者他人来爱自己，欣赏和肯定自己，而且无法知足并且感恩。

自私和自恋的人其实是看不见别人的。他们只关注自己，别人对他们而言更多的是满足自己欲望的工具，而一个心中只有他人没有自己的人则是丧失自我、自卑无力的人。自爱之人则处在一个恰当的位置和关系上，他们心中有别人，会关爱别人，对人有同理心，但他们以自我为轴心，先把关注点放在自己身上，懂得先照顾好自己，取悦自己，然后再去照顾、取悦别人。他们尊重自己的心声，按照自己的心意而活，在关系中有自我、有他人，又懂得自我满足。

自爱就是先爱自己，再爱别人。这样说起来，自爱似乎是比较简单的事情，但很多女性却做不到，她们在生活中常常忘记爱自己。

有一年冬天，我去北方姨妈家过春节。大年初三，我要跟着姨妈去亲戚家拜年。那天，室外气温很低，习惯待在南方的我，没有带保暖棉裤回去，于是问姨妈家里还有没有保暖棉裤，姨妈说自己身上穿的这条是她新买的，很保暖，不由分说地要脱下自己的给我穿。我很吃惊，第一次意识到：原来姨妈对我或者其他家人的爱一直都是以这样一种牺牲自己的方式存在着。

我想起坐飞机时听到的安全乘机指南，当天晚上在客厅里开始和姨妈聊天。

我："姨妈，你想象一下，如果和我在一起坐飞机，不小心发生意外，你是先帮我带上氧气罩，还是先帮你自己带上？"

姨妈："先帮你带上啊。"

我："错，当氧气罩掉下来的时候，你必须先把你的氧气罩戴上，然后再帮助其他人。你知道吗？人缺氧60秒，就可能会造成致命的伤害。当事故发生时，很多人都想要先帮助身边的人，但这样做其实不只会害到你自己，更会害了身边需要你帮助的人，而且我自己是大人了，可以照顾好自己。"

我告诉姨妈，假如她因为把保暖棉裤给我穿，自己冻生病了，我会很不安。一个人只有先照顾好自己，才能去照顾别人，你先好好爱你自己，才能爱你的家人。爱自己不是自私，是智慧。如果你真的想让家人开心快乐，那自己先开心快乐起来。

我发现很多年轻女性也无法做到爱自己，她们习惯付出和奉献，同时渴望别人满足自己、爱自己。前几天，我收到一位女士的邮件。她在信中说，丈夫是个部门领导，工作很忙，经常加班到晚上九十点钟才回家。她做好晚饭，在家等着丈夫回家一起吃饭，越等越生气，为此向丈夫抱怨。丈夫说会尽量早下班，可还是常常很晚才能结束工作回家吃饭。我问她："你为什么不自己一个人先吃饭？你可以先吃饭，然后在家做自己喜欢的事，比如看喜欢的美剧，涂漂亮的指甲油，和朋友聊聊天，然后顺便等丈夫回家。"可她似乎从来没有想过原来还可以这样做。

现在，都市中很多职业女性工作忙碌，生活压力很大，她们不仅要工作，还要照顾家庭，操持家务，她们把关注点放在男友、老公或者孩子身上，却常常忽略了对自己而言最重要的是自己，忘记了去爱自己、呵护自己，满足自己的需要。她们有自己的收入，但舍不得把钱花在自己身上。她们把时间花在工作和家人身上，却不懂得把关注度和时间投注给自己。有一位女性来访者告诉我，在与我做咨询的过程中，她第一次感受到了爱自己，她从来没有像现在这样花钱花时间照顾和关爱自己的心灵，原来爱自己的感觉这样棒。

最近，有一篇讲男星孙红雷和母亲的旧文在微信朋友圈很火。孙红雷小时候，家里经济比较拮据，母亲下班后，要捡两个小时破烂贴补家用。孙红雷之前不愿意和妈妈一起出门捡垃圾，后来改变了想法。文章中写到在那样艰难的环境下，他的母亲是如何对待自己的。"母子俩坐在河堤边的石头上休息时，母亲竟从口袋里掏出一个橙子，剥开，反复挤压几下，然后掏出一面小镜子，对着它把那些橙汁一点点细致地涂在脸上。看着儿子诧异的眼神，她一边涂一边笑着说道：'橙汁可以美容呢。人家看不起我们不要紧，自己要看得起自己，要爱自己，要让自己快乐。'"那一刻，孙红雷很震惊，他目不转睛地看着母亲，内心无比敬佩。

这位母亲爱自己的姿态是值得很多现代女性学习的。无论生活如何忙碌和艰难，别忘记了爱自己。无论是怎样和谐的关系，比如恋爱关系、婚姻关系，其实都很难满足一个人所有的需要，一个人的幸福其实更多来自自我满足。

懂得爱自己的人愿意将注意力放在自己身上，他们懂得偶尔慢下脚步，稍事休息，给生活加点蜜糖，让自己享受一顿丰富的早餐，敷一张滋润的面膜，喝一杯香茶，送自己一份贴心的礼物……让自己慢下来，享受一段爱自己的美妙旅程，把紧张、忙碌与疲惫抹去，为自己的生活注入生机和活力，让自己沐浴在自爱的美好中，活得自信又喜悦。

_犒赏自己，因为你值得

> 我欣赏那种舍得送礼物给自己的女人，她们努力工作自己挣钱，也洒脱地花钱，并将钱花在自己身上：给自己买鲜花，送钻戒，买高品质的生活用品，出国旅行，接受更多的培训和再教育……女人愿意为自己花钱，送自己礼物，是爱自己、让自己快乐的方式，也是独立自主的表现。

　　我常会问身边朋友这样一个问题：你是怎么爱自己的？得到的答案各式各样：有的说去做SPA，让身体放松下来，同时也给自己的精神减减压；有的说让丈夫或者其他人照顾一天孩子，使自己拥有一整天独处的时间，做自己喜欢的事情；有的说穿上最美的衣服，化好淡妆，和好朋友一起逛街购物，喝茶聊天；有的说去旅游，享受轻松惬意的海边度假时光……从这些回答中可以看出，每一个人爱自己的方式是不同的，有的关注身体健康，有的更注重从朋友那里获得滋养，从他人的情感链接中获得自爱的感觉，有的则需要独处以及心灵空间上的富余。

　　一个朋友的回答让我印象深刻：我送自己贵重的礼物。前年，她在自己生日的时候，送了自己一块一万多元的名表作为生日礼物。当时，戴着手表的她笑得像个孩童般灿烂，在我们面前肆无忌惮地炫耀。她告诉我们：最好的礼物要送给自己。面对她送奢侈品给自己的行为，朋友们对她的看法自动分化成两派：一方认为，没有男人爱的女人以送自己最想要的昂贵礼物自娱自乐，真够可怜和悲惨的；另一方则认为，能够靠自己满足心愿，将最好的礼物送给自己，真是潇洒和令人惊叹。虽然大家的观点有所差异，但可以肯定的是每一个人都对她羡慕嫉妒恨，毕竟女人们无法拒绝这么好的礼物。

　　朋友送自己名表一事让我想到了《欲望都市》中的萨曼莎，她参与一个拍卖会，要给自己买一个珠花钻戒。拍卖时，她与人竞争，不停加价。当她最后报出了五万美金的拍卖价格时，她对身边的朋友说："I work hard，I deserve it"（我努力工作，这是我应得的）当她的爱人拍得这枚她日思夜想的钻戒，并将它戴到她的手上时，萨曼莎欣喜之外，更希望钻戒是自己送给自己的。

　　我很喜欢萨曼莎这种自我争取与满足的生活姿态，她拥有自己的公关公司，收入不错。她坚强独立，我行我素，为自己花大钱，买最好的礼物给自己，把自己放在关注点的首位，享受属于自己的快乐生活。我曾效仿她，想给自己买一枚钻戒，无奈我看上的都是我买不起的，买得起的我也舍不得，内心很矛盾，只好悻悻地放弃这一念头，灰溜溜地回家。于是，我更加觉得做萨曼莎这样将最好的礼物送给自己的女人，不仅要有挣钱的能力，内心也要很强大，要能理直气壮地说"I deserve it"，达到真正宠爱自己的境界。因此，她能够对所爱的男人说："I love you too, but I love me more."（我也爱你，但我更爱自己。）

我欣赏那种舍得送礼物给自己的女人，她们努力工作自己挣钱，也洒脱地花钱，并将钱花在自己身上：给自己买鲜花，送钻戒，买高品质的生活用品，出国旅行，接受更多的培训和再教育……我不是鼓吹物欲和过度消费，我只是觉得女人愿意为自己花钱，送自己礼物，是爱自己、让自己快乐的方式，也是独立自主的表现。

其实，只要深入了解，就会发现很多中国女性在为自己花钱方面是有障碍的、困难的。她们身为现代职业女性，也许收入很丰厚，但却舍不得为自己花钱。有一个姑娘给我写信诉说工资总不够用的问题，她月收入七千多元，可是每个月钱都不够用，因为她每个月都给父母买东西，给哥哥和妹妹买东西，甚至还经常给哥哥的女朋友买礼物，而且所买的东西都不便宜。我问她："你有给自己买什么东西吗？"她说很少，花钱的时候先想到家里人。我又问她："那你有给自己买过什么贵的东西吗？"她说没有，她给自己买的东西都比较便宜。如果贵了，会有罪恶感。

像她这样的女性很多，这跟我们接受的教育有关。我们很多人从小接受的教育是"好东西不能独享"，"好东西要让给别人"，"给自己买的东西不能是最好的"，等等。小时候，妈妈也是如此教育我。自家地里种的瓜果，要送一些给邻居尝尝，挑最好的给别人，留下不好的给自己。这样教育孩子，会让他们认为"我不值得拥有最好的"，长大以后就算享受了好东西，也会有罪恶感。另外，中国女性常常被灌输要有牺牲和奉献精神，要优先照顾他人。于是，爱自己似乎变成一件自私又羞耻的事，自己赚来的钱也不能理直气壮地花在自己身上。

我还发现，很多过度消费、无法节制购物欲的女性并不是人们认为的那样虚荣和贪婪，而是因为内在的匮乏。她们往往在小的时候经历过物质的匮乏或者关爱的缺失，她们其实是在通过消费寻求一种被爱、被满足、被重视或者有价值的快乐的感觉。

人与物的关系有时是很微妙的，你使用的物品会反映或改变你自身，在条件允许的情况下，一个人试着使用高于自己形象的物品，可以提高潜意识里的自我形象，从而真正地提升自己，获得改变和自信。所以，送自己大礼是爱自己、提升和完善自我的方式。

不过，爱自己不仅仅体现在送自己大礼这种单一的方式上，它体现在生活的诸多细节和习惯中，体现在我们对自己的诸多态度和行为上，比如关心自己的身体健康，多读书提高自己内在的修养等。

我们什么时候会感觉到被爱？当一个人愿意将他的注意力放在我们身上，对我们的一举一动、我们的感受、物质和情感的需要表达关注和关怀的时候，我们就会感觉自己被爱。懂得爱自己的人恰恰做到了这一点，她们的自爱不是自私，不是自恋，是始终对自己有一份关注与关爱。这份对自己的爱意让她们沐浴在爱中，活得既自信又愉悦。

我知道很多都市女性习惯性地忽视自己，也许是因为工作忙碌，生活压力太大，也许是因为从小接受的教育，让她们把男友、老公或者孩子看得比自己重要得多，也许是自卑与自我价值感低等让她们忽视了自己，忘记了去爱自己。

希望从今天起，你能做一个爱自己的女人，把关注度和时间多投注在自己身上，哪怕只有片刻也是好的。你也许不用送自己昂贵的大礼，只是小小的礼物也可以，或者去做一个让身心放松的SPA，或者站在阳光照耀的窗边晒一晒太阳，喝一口热茶……这一刻，送自己一份关注和奢享，只为好好爱自己。

_学会尊重自己是一场漫长的旅程

在中国，大多数人都在为面子而活，很难有"个性解放"，一个人要按自己选择的道路去发展也十分不容易……学会尊重自己对很多人来说都是艰难又漫长的旅程，尤其是中国的女性，因为她们还要挣脱"重男轻女""男尊女卑"的沉重枷锁。

一、尊重自己是何感觉?

前段时间，我在一家咖啡馆里翻看香港作家毕明的书，他教读者如何品尝美酒。作者除了讲关于酒的许多故事，还给出了很多品酒的建议，其中，令我印象特别深刻的一个建议是：当你在餐厅点了酒单上的某一款酒，侍酒师（照顾顾客喝酒的专业人士）给你倒酒，让你试喝的时候，如果你真的觉得这个酒不好喝，千万别客气，一定要提出换酒的要求。

我非常赞同他的这个建议。明明自己的酒难喝，你有权利去换，却因为不好意思，勉强自己喝下不喜欢的酒，餐厅老板或侍酒师不仅不会感激你隐忍懂事不给别人添麻烦，反而会在心里取笑你、瞧不起你。你对酒的感觉和喜爱程度，他们从你喝第一口酒时脸上显露的表情就能准确地知道了。酒难喝却不要求更换，你忘了自己花钱是上帝这一点，更重要的一点是你不尊重自己，所以他们会在心里瞧不起你、嘲笑你。大大方方、理直气壮地换酒，这样做既尊重了你自己，也尊重了那杯酒，还能得到别人的尊重。爱自己的人，才能更好地爱别人，才能得到别人更好的爱。

我的一位咨客L和我分享了她经历的一件小事。某一天，她坐公交车回家，会晕车的她感到身体很不舒服，于是低头闭目，塞着耳机听音乐。中途上来一位母亲，带着一个五六岁的男孩，他们站在L面前。小孩站了一会，向母亲抱怨站累了。母亲说："那有什么办法，也没有人给你让座哇！"L听了，内心很纠结，她在想到底要不要让座，但她真的很难受，最终决定坐着不动。没过一会儿，这位母亲让售票员帮忙找个位置，售票员对L说："小姑娘，你让个座吧。"L回答："我晕车难受，如果我不晕车，肯定会让座的。"于是售票员让其他乘客给带小孩的母亲让了座。后来，又上来一两个老人，售票员也许是担心他们会要求L让座，提前和老人说那个小姑娘晕车。

L一直是一个过分在意别人看法和感受的人。这么多年来，她常常活在讨好别人的疲惫与痛苦之中。为了让自己轻松和快乐一点，她把自己封闭起来，尽量减少与别人交往和接触，因为一个人的时候，她才能够做真实的自己。这次公交车事件是她第一次懂得和做到尊重自己、爱自己、做真实的自己，不被别人的目光所左右，不因他人的评价而为难自己。L告诉我，她下车之后，内心的情绪非常复杂，有尊重自己、疼惜自己的温暖和感动，也有自己过去这么多年来一直不懂爱自己的心酸和苦涩。L的故事让我感慨万千，再次学习了自爱的功课。

有好几位读者曾写信问我，怎样才是爱自己？爱自己其中有一点非常重要，那就是尊重自己。何为尊重自己？一个高自尊的人在内心深处认为自己是可爱的，是有价值的，是值得被人尊重的，对自己的主张、幸福的追求持肯定的态度。他认为自己有资格，值得拥有快乐和幸福。

要做到尊重自己，就要求你先得有自己、有自我。中国人是普遍缺失自我概念的族群。我们活着不是为了"是"一个自己，而是为了"做"一个别人认可的"好人"。"是"一个人要求你面对自己，以自己的本来和真实的面目呈现在世人面前，保持自己独立完整的人格。"做"一个人则是去"做"一个被别人认可的角色，无论这个角色你自己是否认可，反正你做人先得考虑别人。

我们中国人特别喜欢讲"面子"，讲"丢脸"，讲"没有脸面做人"之类的话。父母给孩子的教育也是"乖""听话""别给我丢脸""为我争气，争面子"等。我们从小被教育爱祖国、爱人民、爱父母，却从来没有被教育要爱自己。现在很多中国年轻人前二三十年接受的教育其实是一个"去自我"的过程，他们从小被教导要听话懂事、助人为乐、吃亏是福、忍一时风平浪静，退一步海阔天空……慢慢地，他们习惯无视自己内心真实和正常的需求，压抑真实的情绪和想法，丧失自尊和自我意识。

我们的个人意志受到两股压力的阻碍。首先，我们不是自己的，而是父母、领导或者其他什么人的；其次，外界对我们的看法比我们对自己的看法更为重要，结果就是我们读什么专业，做什么工作，找一个什么样的恋人都要考虑别人的目光，看看自己是否符合世俗意义上的"很有面子"这一潜规则。甚至家里的沙发买什么颜色和样式，最先考虑的是客人来了会怎么看，怎么评价，而不是先考虑自己每天坐在沙发上是什么感受。在中国，大多数人都在为面子而活，很难有"个性解放"，一个人要按自己选择的道路去发展也十分不容易。所以，大多数人无法忠于自己的内心，活得郁闷迷失，随波逐流。

在我看来，一个中国人前三十年都活在讨好别人，看重别人多于自己的低自尊的纠结与痛苦中，后三十年才开始慢慢学会尊重自己、取悦自己、爱自己。学会尊重自己对很多人来说都是艰难又漫长的过程，尤其是中国的女性，因为她们还要挣脱"重男轻女""男尊女卑"的沉重枷锁。

二、自爱不是自私

有很多人分不清自爱和自私的区别，认为爱自己是自私的表现。其实，自爱和自私是完全不同的：自私向外求，希望从外界获取什么而使得自己幸福，所以自私之人不停地索取；自爱则是向内求，把目光投向自己，主动斟满自己的杯子，让自己幸福快乐。自爱之人尊重自己，按照自己的心意而活，倾听自己的心声，不因他人的目光而挑剔自己、为难自己、委屈自己。自爱之人把取悦自己放在取悦他人之前，不为了取悦他人而做会使自己万般痛苦的事情。自爱之人不会因为不好意思拒绝他人的请求，去做违背自己本心的事情，搞得自己痛苦不堪，怨气冲天。面对他人的要求，如果自己做不到也特别不愿意去做时，自爱之人会适时适当地拒绝。

是自爱，还是自私？还有一个判断标准就是看结果。自爱的人不容易引起他人的愤怒、敌意和反感，反而容易得到他人的理解、尊重和支持。自私的人则正好相反。就像你点了酒，因为试喝时感觉不好要求更换，会得到餐厅老板或侍酒师的理解和尊重。你晕车难受，没法给带小孩的妇女让座，也同样会得到司机、售票员和其他乘客的理解和尊重。因为这是你应享有的权利，这是你在自尊自爱。

我讲一个自己的故事。某天下午，我和朋友约在上海外滩附近的一家咖啡馆聚会。两人坐定之后，服务员让我们点单。这家店下午茶的套餐是128元一位，我因为刚在家吃过午饭，而且不喜欢他们下午茶中的甜食，所以只想喝一杯咖啡。于是，我问服务生，单点咖啡可不可以，服务员说可以，于是我点了一杯40元的咖啡。有趣的是，这位女服务员瞬间给我甩脸色，说那就没必要用餐巾了，然后动作非常粗鲁又迅速地抽走她刚铺在我大腿上的餐巾。面对这种情形，我在心里笑笑，没当一回事，继续和朋友一起聊天、看书、看风景。

我不是没钱吃他们的下午茶套餐，而是我不需要。我确信我自己只需要一杯咖啡，我也不会因为你甩我一个脸色就改变自己的决定。我没想到，接下来这个服务员对我尊重起来，倒热水，递纸巾，服务态度来了180度大转弯。回家的路上，朋友还特意提起此事，称赞我内心强大。其实，我不是内心强大的人，我只是坚持做我自己，尊重自己，懂得享有和坚持自己合理的权利，不过这是我花了很长时间才做到的。

在我们的团体活动中，有一位年轻女性成员一直很难尊重自己的内心感受，不知道如何爱自己，常常有很强烈的不配得感。她曾借给男友三万多元，对方还了两万，两个人分手后，女生纠结要不要让对方还剩下的一万多元。在这段恋爱关系中，她在物质和精神上都是付出比较多的一方，也受到了很大的情感伤害。她就"要不要前男友还钱"一事询问自己的母亲，她母亲说："你前面做了好人，现在去要钱显得你很小气。"可是，欠债还钱，天经地义，这钱本来就是属于她的。我不禁猜想，也许正是因为有这样一位"滥好人"般的母亲，她的女儿才不懂得如何爱自己。

很多人因为分不清楚什么是自己的正当权利，又常常囿于"毫不利己，专门利人""勇于奉献和牺牲"的道德准则，再加上社会观众施予的道德压力，导致他们在人际关系中缺乏界限，盲目退让，成为不懂拒绝，不懂维护自我利益的"滥好人"，经年累月，变成一个内心痛苦纠结，愤愤不平，委屈满腹的人。

一个不懂得尊重自己的人很难换来别人的尊重。一个大一的女生写信给我，诉说自己在寝室遭遇的困扰。"很多人和我玩得好，是因为我时常讨好她们，我时常会请她们吃饭，给她们带吃的，用我的淘宝帮她们买东西，给她们充话费，帮她们的忙……她们找我时总是向我借钱，让我请客或者帮忙，我是不是很悲摧？"她还说，"就这十天左右的时间，我的钱已经被'朋友们'花完了……这种情况经常有，但我从不主动向她们要钱，因为我实在不好意思张口，都是她们主动给我，我才收。"她的内心深处不相信自己这个人能够得到别人的喜欢和认同，认为只有通过给别人钱花、帮别人忙的方式才能得到别人的喜欢和认可。结果，别人不喜欢她，把花她的钱当成理所当然。

女性的自尊不足，在婚恋上常常造成悲剧。低自尊的女性遭遇恋爱对象的语言和身体虐待时，会选择忍受，甚至会不自知，即使对方是个人渣，对她很坏，她也很难结束关系转身离开。她在别人不尊重她的时候活得自在安然，而一旦遇到一个真心爱她、尊重她的恋爱对象时，她会感到不真实和不安，她认为自己不值得、不配，在无意识中做出各种自毁幸福的事。她们不认为自己讨人喜欢，不认为别人爱她们是自然或正常的事情，于是逃避或者破坏关系，让自己从这种被爱的不安中离开，重新待在熟悉的不被爱的痛苦的泥沼里。

一个懂得尊重自己、坚持做自己的人容易换来别人同样的尊重，甚至因为这份尊重和坚持带来影响他人的力量。

　　我家附近有一个老太太，头发半白，六七十岁的样子。因为中风，她的手脚很不利索，以非常细碎的步子腾挪前进，手脚非常不协调，看起来滑稽甚至可笑，但她坚持每天一个人在家门前的马路上默默地走着，每天两三次，一次一个多小时。刚开始我偶尔还会听到一些路人在她身后嘲笑她、议论她。就这样，好几个月过去了，她还是一个人默默地走着。不过，她的步子已经可以迈大一些了，走路的样子也比以前协调了许多，再也没有人嘲笑她。

　　又过了一段时间，我看到她在路边的绿地上，领着一群老人做健身操。夕阳洒在老太太身上，多位老人在她身边围成一圈，她喊着口令、做着动作。其他老人看着她，跟着她一起运动，那场景令人感动和唏嘘不已。

　　不是每个人都懂得尊重自己，也不是每个人能坚持然后成为自己，大多数人就像海面上拥挤不堪的船只，随波逐流。很多人都没有自己，谈何尊重自己？学会尊重自己对一个人来说是一场漫长的旅程，而那些已然懂得尊重自己，按照自己的心意好好生活的人不仅配得上他人的尊重，还配得上他人的喝彩与赞叹。

（全文完）